Murmure des soirs, 2023
ISBN 2 931235 08 9
www.murmuredessoirs.com

Chroniques poétiques d’un voyage à Montréal

Dominique Maes

Chroniques poétiques d'un voyage à Montréal

Nul besoin de se perdre dans un désert de sable, de plonger au cœur d'une nature luxuriante où vous serez moins que rien, de naviguer sur un esquif au milieu d'un océan sans fin, pour prendre conscience de votre solitude. Elle vous sera plus fortement révélée au milieu de vos semblables agglutinés devant la porte d'embarquement d'un aéroport, trépignant devant la station des taxis raréfiés puis errant dans une ville dont vous ignorez la topographie.

Vous l'avez voulu. Vous avez complété des dossiers. Vous avez été choisi. Vous êtes l'heureux et orgueilleux élu d'une résidence littéraire. Vous êtes parti en voyage. Seul. Abandonnant famille et amis, vos habitudes, vos petits rituels quotidiens qui remplissent si bien le vide abyssal de l'existence. Vous ne devez pas sortir le chien. Vous ne vous préoccupez plus de personne. Et un message sur votre téléphone portable vous avertit que là-bas, chez vous, tout va bien. On se débrouille déjà parfaitement sans vous.

Vous traînez péniblement votre valise trop lourde, chargée de vêtements que vous réalisez mal adaptés au printemps caniculaire qui surgit très exactement le jour où vous vous installez dans cet appartement qui a accueilli avant vous bien d'autres auteurs en exil. Une odeur de poussière, la vaisselle dépareillée, les macules sur la moquette, témoignent du vécu qui vous précède. Les affiches anciennes qui décorent les murs, rappellent des combats politiques le plus souvent perdus et des engagements d'un temps où l'on espérait encore mettre l'imagination au pouvoir.

Le sympathique membre de la très officielle institution qui vous octroie ce logement, s'empresse de vous en confier les clés, vous indique l'éventuel restaurant ou le magasin proche puis s'éloigne dans le long couloir du vingtième étage de l'immeuble. L'ascenseur le dévore. Un silence sépulcral vous saute à la gorge.

Vous refermez la porte. Vous posez la valise sur le lit, dans la chambre. Vous errez dans le petit salon qui sera votre lieu d'écriture et de vie suspendue. Vous jetez un œil dans la cuisine très sommaire et vous risquez l'ouverture d'un robinet dans la salle de bain. Vous étouffez un peu dans l'exiguïté du lieu.

Vous ouvrez la baie vitrée, sortez sur la terrasse et vous vous agrippez à la rambarde, en proie à un léger vertige. Vous êtes fatigué et en décalage horaire. Mais c'est surtout l'appel du paysage sans limite qui vous fait tourner la tête.

Tout en haut de cet immeuble qui domine la ville, vous restez immobile, le visage fouetté par le vent et vous contemplez le Mont-Royal puis tous ces bâtiments qui ont poussé en tentant vainement d'atteindre à sa grandeur. A vos pieds, gronde la ville.

Comme vous êtes minuscule ! Votre orgueil d'homme de plume migrateur bat de l'aile. Qu'à cela ne tienne : vous allez écrire pour reprendre du poil de la bête. N'êtes-vous pas venu pour cela ?

Vous avez emporté vos projets, des récits qui trépignent et n'attendent que vous pour reprendre leur cours. Mais leur sens et leur rythme vous échappent désormais. Les personnages qui vous semblaient vivants, presque autonomes dans votre imaginaire, se sont pétrifiés. Vous cherchez vainement la saveur de vos textes laissés en plan.

Vous n'avez plus que l'envie de la promenade. Il faut mettre votre corps en mouvement pour penser à nouveau. Il s'agit maintenant de découvrir la ville en éveillant vos sens.

Vous allez humer, entendre, effleurer, capter le sourire fugace d'une passante, sentir les muscles de vos jambes, vous essouffler dans les sentiers pentus, vous perdre dans les venelles, magasiner sans rien acheter. Il vous faut écouter beaucoup et parler peu pour apprécier les saveurs nouvelles d'un langage que vous croyiez proches du vôtre, mais dont les nuances, la musique et les métaphores vous désarçonnent. Vous vagabondez de surprise en surprise. En quelques jours à peine, vous oubliez vos projets pour devenir marcheur urbain qui collectionne dans un petit carnet les interjections et photographie avec gourmandise tout ce qui s'offre généreusement à lui.

Vous découvrez les lieux de rencontres où vous causez en buvant une bière locale. Le patron vous a vite repéré avec votre dégaine d'Européen. Vous aimez le sourire et la voix rauque de la serveuse. Ses tatouages métamorphosent sa peau mate en bande dessinée. Vous prenez votre café dans un square historique accompagné par quelques fantômes et des extravagants bien vivants. Vous faites la connaissance de quelques maraîchers dans un joli marché. Vous parlez à des inconnus qui, pour quelques instants, deviennent vos meilleurs amis. Des sourires vous illuminent. Des liens se tissent. Ils se défont instantanément. Les jours passent de plus en plus vite.

Et puis, viennent les retrouvailles avec de vrais amis. Votre petit milieu vous rattrape et la culture aussi. Vous comprenez que les poètes d'ici sont assez fiers de leur pays pour oser négliger et même se méfier de ce qui s'écrit du côté de Paris. Mais comme vous êtes belge et que vous riez beaucoup de ce qui se croit sérieux, quelques portes s'entrouvrent et vous partagez un peu de résistance créative avec des gens heureux. On vous invite à l'opéra. Vous rencontrez une diva et son pianiste dévoué. Vous frissonnez dans un musée. Les mots fulgurants d'une poétesse subliment un instant l'inadmissible violence des hommes. Vous traversez une nuit sur un toit, causant sous les lampions de tout ce qui vous anime avec d'autres oiseaux de passage. Au petit matin, tout ébouriffé, vous quittez le nid provisoire pour regagner votre perchoir. Vous savourez votre solitude.

Vous écrivez beaucoup, tous les jours, ce qui surgit et que vous n'attendiez pas. Vous vous consacrez pleinement à votre activité de promeneur littéraire. Et les mots dansent tandis que vous marchez. Vous écrivez pour vivre. Vous vivez pour écrire.

Un an après,
Le 28 juin 2023.

LA GRANDE DROGUERIE
PO ÉTIQUE
MAGASIN DE PRODUITS IMAGINAIRES

30 avril

Le temps est venu. On se prépare.

Il s'agit de montrer patte blanche en s'enregistrant numériquement. On a le bon profil. Politiquement très correct. Pas de casier judiciaire. Vacciné. Désinfecté. Jurant de poser le pied sur le sol canadien sans aucune mauvaise intention.

On n'ose même pas la moindre pointe d'humour.

Alors, on s'occupe de la valise.

Ce n'est pas rien.

On veut emporter l'essentiel pour vivre deux mois loin de chez soi : le parfum de celles qu'on aime, le sourire et la musique des amis, les petites et grandes habitudes, les objets qui nous rassurent, la fidélité de son chien, la douce banalité du quotidien. Cela prend toute la place. On se rend compte bien vite qu'il est plus simple de ranger quelques chemises et de glisser entre deux pantalons, un carnet dont toutes les pages sont blanches.

On se sent soudain incroyablement léger.

Départ prévu le dimanche 1er mai.

1er mai

Nager au milieu des visages fatigués, se dissoudre dans le nombre, scanner son passeport, vider son sac. Puis suivre le parcours balisé par les magasins d'un luxe criard. Je ne suis plus qu'une référence prise en charge par des hommes et des machines qui fusionnent.

Le douanier m'observe un bref instant avec un regard d'une froideur d'acier.

Je range mon sourire et ma carte d'embarquement.

Ensuite, j'attends en observant la lente chorégraphie des avions encore contraints à la terre et l'extrême lassitude des futurs passagers.

Il faut une immense patience avant de prendre son envol et d'avoir bientôt la tête dans les nuages.

2 mai

La ville est un jeu en construction. Les blocs s'alignent : cubes, trapèzes et parallélépipèdes rectangles où de tout petits humains courent pour y faire leurs affaires. Ils poursuivent frénétiquement ce qu'ils ont commencé lorsqu'ils étaient enfants. De nouvelles tours s'élèvent encore. Des grues grincent. Le verre crisse. Chantent les scies et les foreuses.

Un peu plus loin, l'ordre se désagrège.

Une colline boisée et royale impose son pouvoir. Une première maison se décale et les autres suivent. Des trottoirs se lézardent. Le bêton vieillit.

Les racines des arbres emprisonnés depuis trop longtemps dans de jolis squares victoriens, creusent inlassablement des échappatoires.

Il suffit au promeneur de poser les pieds sur ces sillons secrets pour sentir
la pulsion douce et puissante de la vie.

3 mai

Il faut s'occuper de sa faim et nourrir sa solitude. Ce n'est pas désagréable mais on est un peu perdu. Il s'agit de magasiner à la façon d'ici et comme on reste gourmand, on tente le repérage.

On marche. On se méfie des rues trop touristiques. On cherche la boutique de l'honnête artisan. Et bien sûr, on finit par se faire happer par le grand magasin bio et logique.

Après quoi, on se retrouve un peu désorienté, dans une rue nouvelle où les images qui courent sur les façades cubiques, transforment le quartier en bande dessinée.

Ne nous manquerait-il pas une case ?

On s'accroche à un phylactère mais il est psychédélique et dissout la narration linéaire. C'est qu'on est en train de vous entraîner dans une histoire sans début, ni fin. Y aura-t-il un point de chute ?

En attendant, on attrape le récit au vol, on saute dans le chemin de fer, on monte à bord. Les rues en pente douce s'inclinent davantage. Voilà que tanguent les bâtisses. Une dame inconnue, sensible à votre look d'européen, vous interpelle en vous croyant français.

On précise naviguer habituellement sur les collines d'un pays plat. Elle rit et s'excuse. Y'a pas d'mal. Et chacun poursuit sa navigation personnelle.

Et puis voilà qu'au coin d'une rue, la légende vous rattrape. On ferme le col de son caban, sous la bise marine qui commence à soulever la poussière des travaux de voierie. On réajuste la casquette.

Il faut désormais affronter le Kraken, remonté des égouts éventrés et des abysses de vos lectures anciennes. C'est délicieux. Vous poursuivez votre navigation dans cette ville qui s'offre à vous comme un livre d'images.

4 mai

Il faut savoir descendre le boulevard Saint-Laurent, pareil à l'eau qui toujours cherche à rejoindre le fleuve. C'est une question de vie, de partage et de battements de cœur. Car même dans ma solitude et peut-être grâce à elle, je sens au plus profond de moi les palpitations d'âmes, les liens d'amitié et d'amour, les frémissements passagers de tous ces humains inconnus que je croise.

Je suis un pêcheur de regards et d'émotions fugaces.

Je me laisse entraîner par le flux, par le flot. Je nage dans la foule, souvent à contre-courant. Et cela me donne soif.

Je cherchais un petit café coquet, le Pista, pour y faire couler mon encre. Une amie m'en a fait l'éloge. J'en reparlerai. Mais il faut que je poursuive le cours de mon récit.

C'est que je nage un peu. Je ne suis pas le seul.

Deux jeunes filles remontaient le courant et la rue à la façon obstinée des saumons. C'est qu'elles étaient sirènes.

Je le perçus tout de suite. Car bien qu'habillées semblablement de noir, je distinguai le scintillement mordoré de l'écaille par l'entrebâillement des manteaux gothiques. Accrochées l'une à l'autre, elles ne pouvaient dissimuler leur difficulté à être terre à terre. Elles n'étaient pas dans leur élément et tanguaient un peu en respirant difficilement la poussière urbaine. Elles avaient tant besoin d'eau fraîche que leurs bouches se rejoignirent pour un long, très long baiser qui leur permit enfin de mieux respirer.

C'est alchimique, ces choses-là. Comme j'étais rassuré pour elles et qu'un instant de bonheur est contagieux, je laissai s'épanouir mon grand sourire. Elles firent de même et leurs yeux me pétillèrent leur joie.

Alors, ouvrant de larges nageoires en guise d'ailes, elles s'élancèrent gracieusement par-dessus le flot des voitures puis au-dessus des toits.

Voyager vous fait découvrir bien des choses.

Je savais certains poissons capables d'envol.

Les sirènes aussi.

5 mai

C'est annoncé : Mother's day is coming !

Voilà que la révolution douce commence à Montréal. Et personne ne m'a prévenu. J'arrive à peine. Laissez-moi souffler.

Je ressens encore le décalage horaire en plus de celui qui m'est quotidien.

Mais les événements d'exception surgissent toujours ainsi sans qu'on les attende. Ils ne se préoccupent pas de votre capacité à les accepter.

Moi, je n'y croyais plus vraiment même si j'espérais confusément le grand chambardement, la mutation nécessaire, le bouleversement d'une culture patriarcale obsolète.

Et là, tout à coup, en plein centre de la ville que j'arpente, au cœur du quartier des banques et devant l'église désertée, le cube incongru est venu se poser.

Il est habité par des êtres étranges, silencieux et graciles qui végètent quelque peu. S'enracinant dans la vie et dans un terreau ancien, ils communiquent un bien être sans avoir recours au langage des hommes.

On ne s'y trompe pas pourtant. On s'approche. On se sent bien.

Leur bienveillance abolit le béton qui commençait à nous oppresser. Et leur parfum de tendresse nous apaise.

Ils nous le susurrent encore : Mother's day is comming.

Et voilà que les femmes d'affaires, les banquiers, les jeunes et vieux carnassiers, les créatrices de start-up, les serviteurs du Capital, les sacrifiés du business, les guerriers, les guerrières, tous, toutes, déboulent des tours de verre pour courir vers le cube salvateur !

Pleurant de gratitude et surpris par leurs émotions qui, si longtemps refoulées, débondent, ils s'emparent des brassées de fleurs qui se régénèrent à l'instant.

Flower Power ! Ils gambadent, sautent et dansent comme les enfants qu'ils n'ont jamais cessé d'être puis se hâtent d'aller les offrir à leur maman.

Le jour est venu ! Plus de haine à la mère. Le monde va aller un peu mieux.

6 mai

Quittant le beau marché Jean-Talon

(Qui lait cru, j'ai trouvé de bien beaux fromages !), je redescendais paisiblement la rue Saint-Denis ayant choisi de rentrer à pied pour profiter du frémissement printanier.

J'observais du coin de l'œil, les bourgeons érectiles d'arbres pâmés sous la caresse très tendre du soleil, lorsque les ferrures ouvragées des balcons grincèrent leur plaisir. La chaleur nouvelle leur dilatait l'âme. Elles s'en tordaient de bien-être et serpentaient imperceptiblement dans des éclaboussures de lumière, métamorphosant les marches des escaliers en xylophones.

Moi-même qui ne suis pas de bois et encore moins de fer, je ressentis mon humeur grimper quatre à quatre les degrés de chaque échelle. Hardi ! Le printemps s'installe. La sève monte. Les cœurs palpitent. Le sang pulse. La vie revient.

De graciles bicyclettes cliquetaient de désir, rendues électriques par l'air soudain chargé d'amour. Elles s'accrochaient passionnément à la ferronnerie des balustrades. Tubulures, tuyaux, barres et tringles frémissantes s'enlaçaient désormais sans gêne pour s'aimer et se répandre jusqu'aux trottoirs.

Quoi de plus beau qu'un printemps à Montréal lorsque se libèrent les vélocipèdes ?

7 mai

À mon sujet, ils pensent avoir tranché dans le vif. Mon œil ! Ils méconnaissent la puissance radiculaire. J'ai résisté en douce, traversé l'hiver en faisant le mort.

Je suis du bois dont on fait les héros modestes et discrets. Dès ce joli printemps, j'ai retrouvé la joie d'être toujours vert.

Avec la lenteur opiniâtre qui caractérise ceux de mon espèce, j'ai lancé de nouvelles pousses, bourgeonné en douce et développé mon réseau de radicelles qui me permet de capter les frémissements d'empathie de quelques frères dont le tronc fut moins martyrisé que le mien. J'avoue que cela m'a soutenu après cet instant incompréhensible où je fus privé de ramure. Cela reste une émotion vague et brutale, un instant de basculement tragique dans ma paisible existence.

J'ai ressenti longtemps l'absence de la vibration de mon feuillage.

Les hommes, bien sûr, n'ont plus fait attention à moi, traçant des routes, bâtissant d'autres tours, bétonnant la moindre parcelle de terre encore en friche. Ils sont bien actifs, les bougres. Sans doute est-ce la peur née de leur conscience de n'avoir qu'une vie fort brève, qui les pousse au mouvement permanent et à vouloir occuper tout le terrain. Beaucoup sont morts en effet, tandis que je patientais.

J'ai gardé mon rythme, ma pulsion lente, mes bruissements imperceptibles.

J'ai goûté les saisons, le sommeil de l'hiver, l'éveil du printemps.

Tandis que mes racines crèvent peu à peu le bitume du trottoir qui m'emprisonne, je perçois toutes les failles de leur système, l'effondrement qui approche, l'équilibre que la vie cherche à rétablir.

Je serai toujours là lorsqu'ils n'y seront plus.

8 mai

Elle cultive ses paradoxes dans une vitrine glamour de Montréal. Elle ne s'en plaint pas. Elle a tout fait pour y être en proclamant sa différence.

Elle en est devenue une référence. On la nomme. On l'expose. On la montre en exemple.

On se déculpabilise d'une envie de rejet en l'invitant à la moindre mondanité.

Elle joue le jeu et caresse les prédateurs dans le sens du poil. Elle scintille.

Elle sourit parfois. Sous les paillettes, au-delà des reflets, elle frissonne au bord de l'abîme de solitude qui s'ouvre toujours sous ses pieds lorsqu'elle déambule dans le quotidien et que le regard des autres se pose sur son grand corps.

Cessera-t-on un jour de l'isoler dans cette seule identité qu'elle a tant voulu imposer ?

9 mai

Au printemps, l'oiseau migrateur se pose sur un balcon bien situé dans une rue passante, en plein soleil, et visible de loin. Il se met rapidement à roucouler des mots d'amour en s'accompagnant d'une guitare éclectique, passant d'une ballade folk à un riff punk ou aux longues lamentations d'un rock psychédélique. Il improvise. Il brasse large.

Au bout de quelques minutes, des femelles de tous les âges ou d'autres espèces moins genrées lèvent le col vers le maître chanteur qui n'en gratte que de plus belle l'instrument qui le démange. Gonflant la poitrine, il hausse encore le ton.

Bientôt, c'est une petite basse-cour frétillante qui se crée et se meut à ses pieds. Il sourit. Il est aux anges. Cela valait le voyage.

Il ne lui reste plus qu'à choisir une partenaire pour la faire grimper à l'échelle en espérant qu'il n'y ait pas de fausse note.

10 mai

La brunante s'épaississant, elle enveloppa la ville, imposant un relatif silence, calmant tous les jeux.

Chacun rentrait chez soi sauf ceux qui n'en ont pas et qui cherchaient l'encoignure pour s'y claquemurer dans l'inexistence. Mais tous les autres devaient digérer leur dimanche et se préparer pour une nouvelle semaine où il leur faudrait jouer leur rôle, monter sur les planches, participer au spectacle.

Et moi qui ai tant de goût pour les coulisses, je quittai le théâtre des belles avenues pour fouiller du regard les venelles obscures. Je cherchais un terrain pour y semer mon vague à l'âme.

C'est une pratique de maraîchage poétique qui renforce ma permaculture personnelle et fait croître mes pensées sauvages.

Je ratissais large.

Et voilà que là, tout à coup, dans un dernier éclat de lumière, entre la grisaille des murs graffités et le bitume crevé de la ruelle, jaillit une source de beauté qui bouleversa mes perspectives et changea instantanément mon point de vue.

11 mai

Le tout petit monsieur a une bien grande responsabilité. Il veille au détournement des mauvaises intentions. Il y en a toujours qui veulent forcer le passage. Vous connaissez les gens. À force de marcher droit, ils ont peur de prendre un mauvais tournant. Alors, vous pensez ! Leur faire changer d'itinéraire, c'est un dérapage insupportable dans leurs habitudes. Parfois, certains se conduisent mal.

Avec sa petite taille qui le fait ressembler à un Playmobil de dos, il barre la route de toute sa personne. Ce n'est pas grand-chose mais cela suffit. L'autorité n'est pas une question de taille mais d'attitude. Il l'a bien compris.

Lorsqu'il se retourne lentement, une musique de western envahit la rue, l'air s'immobilise, les passants aussi. Il jauge. Il juge. Son regard implacable flamboie à l'ombre de son casque.

Et puis il déplace en souriant les bornes de plastique pour permettre le passage à la voiture d'une maman locale, tout encombrée d'enfants.

Avec fierté, il bombe le torse. Il grandit à vue d'œil illuminé par la gloire d'un héros du quotidien.

12 mai

Tu ne t'en rends pas toujours compte, mais les choses se passent là, à tes pieds.

Il suffit de s'arrêter un instant et de baisser les yeux vers ce lopin de terre préservé et semé d'amour. Un improbable jardinier a bêché, scarifié, ratissé et enrichi une terre moribonde pour faire jaillir en un printemps attendu, le désordre de la vie. Et voilà que d'un coup, aux premiers rayons de soleil, cela s'élance, grouille, se multiplie, s'emmêle dans une abondance presque illisible à force de générosité.

On n'éclaircira rien. Pas de castration en ce lieu. On laisse aller le chaos vital. Plantes acaules frôlant le limbe, pétiole attendri cherchant la gaine, pédoncule caressant ses pédicelles, folioles titillant l'involucre, spathe désirant la corolle, bulbes bouleversant le terreau parcouru de radicelles, pistil émoustillé par le bourgeon. Cela ploie, plie, palpite en lents frémissements sous la bise légère qui t'offre des fragrances nouvelles.

Ragaillardi, tu poursuis ton travail de promeneur à plein temps.

13 mai

Entre amies, elles picorent en catimini les petits sushis et prennent la vie avec des baguettes. Car enfin, on le sait bien, le monde n'est pas si beau. Il est même brutal. Et la réalité ne devient supportable qu'en inventant la sienne. C'est leur dessein. Et ce n'est pas pour rien qu'elles couvrent peu à peu leur corps de dessins. Elles créent et portent leur histoire à fleur de peau : poupée d'enfance aux grands yeux d'innocence, volutes graciles, fleurs épanouies et griffes meurtrières. Elles se promènent dans la ville en bande dessinée et restent sages comme des images.

Toi qui aimes l'arabesque, la courbe gracieuse et le trait volubile, tu te demandes quand même jusqu'où serpentent certains tatouages. Voilà ton imaginaire piégé par l'hors-champ. Tu aimerais admirer les chemins sinueux. Mais lorsque tu as l'audace de demander la permission de l'image, elles acceptent la pause, raides et charmantes.

Tu n'emporteras avec toi que le mystère des icônes.

14 mai

On décrète l'exceptionnelle canicule. On s'étonne du record. On consulte les statistiques. Mais on ne s'inquiète pas vraiment de la mutation.

Sortant du froid, on en profite un peu puis on recherche l'ombre.

Déjà des dames opulentes se déshabillent tandis que le jeune homme abondamment musclé exhibe les pectoraux de son torse nu. En équilibre sur son skate, il fend la foule des badauds ramollis où certains n'ont pas encore osé tomber la veste.

Des tricots incongrus perdurent au risque de la congestion. Le bitume fume et fond. La vapeur s'élève. L'air vibre. Le vent très lourd apporte la poussière du désert.

On abrite les regards fiévreux sous des lunettes noires. On titube, mais on s'accroche.

Voilà que le parfum du cannabis flotte sur la ville. On hallucine au milieu des tentes berbères, la danse vient du ventre, la caravane passe sans qu'aboient les chiens à la langue pendante.

Proche de la déshydratation, on échoue juste à temps sur la terrasse en bois d'une brasserie artisanale. Le personnel soignant du Dispensaire de la Bière dont l'enseigne évoque le serpent d'hypocrite, vient à votre secours. À bout de force, vous choisissez la chopine de Jean-Loup, une IPA du Nord-Est, amertume tranchante, fortement houblonnée, aux saveurs d'agrumes, pamplemousse, lime, citron, orange, complétées par un arrière-goût résineux. Vous avez découvert l'oasis salvatrice et vous contemplez la lumineuse transparence de ce trésor en cherchant les mots pour intensifier le plaisir ressenti.

15 mai

La Dodge Challenger est un fauve immobile qui ronronne au bord du trottoir. Vous ne la verrez plus bondir.

La vitesse en ville est désormais limitée à 40 km/h. Moins encore dans certaines rues de Montréal. Le monstre ronge son frein.

Son propriétaire, amoureux transi, a tenu à rappeler la possibilité de sa puissance.

Il lui a offert une plaque d'immatriculation personnalisée. C'est la moindre des choses pour une muscle car, moteur V8 de 6,2 litres suralimentés, développant 840 chevaux, boîte automatique à huit rapports. Elle est toujours prête à faire son cinéma. Quand son maître s'y assoit et qu'il s'engage dans la circulation calme, la musique de Lalo Schiffrin emplit l'habitacle. L'image se fractionne. L'épisode commence.

Moteur ! Mike Connors traverse au pas de course le passage pour piétons.

Il s'approche, l'arme au point. L'heure est grave. Il va falloir poursuivre. Il ouvre la portière, s'effondre sur le siège passager, les sourcils tourmentés par l'angoisse.

Peggy Fair interprétée par l'éternelle Gail Fisher, une des premières actrices afro-américaines à avoir joué aussi régulièrement dans une série, est prise en otage.

— Démarre, hurle Joe, il faut poursuivre la narration.

Dans un hurlement, les pneus s'arrachent à l'asphalte. La voiture bondit, brûle les feux rouges, se faufile de justesse devant un camion claironnant son indignation, prend à contresens une ruelle qui serpente, s'envole quelques instants par-dessus les dos d'âne, retombe dans les étincelles de ses pare-chocs maltraités, un enjoliveur chromé redescend seul la ruelle.

La Dodge s'est arrêtée trois cents mètres plus loin, à un nouveau feu rouge.
Passent les piétons. Joe Mannix s'extirpe péniblement du véhicule.
Il soutient ses vieux reins. Il est franchement amorti.
Nous ne sommes plus dans les années 70.
Et même si l'essence coûte deux fois moins cher qu'en Europe,
nous ne sauverons personne.

16 mai

Ne prends-tu pas un mauvais tournant en choisissant d'explorer cette impasse ?

Tu le sais pourtant, que la vie ne tient qu'à un fil. Et cette conscience t'oblige à toujours chercher l'équilibre.

Tu fais à nouveau le point : ne serait-ce pas le moment de laver tout ton linge sale en famille ? La grande lessive en quelque sorte. Le nettoyage de printemps. Passer un savon à toutes les vieilles habitudes au risque d'en sortir lessivé.

Mais il n'y a plus beaucoup de monde au bout du fil. Tes morts sont aux abonnés absents. Draps et liquettes suspendus évoquent tes fantômes bien et mal aimés. Tu les salues affectueusement. Ils s'en balancent et restent là, sagement accrochés à tes paroles.

Tu penses à François Villon et à tous ces frères humains qui finirent pendus.

Puis tu te pinces pour revenir au linge.

Il fait beau. Tu es vivant.

Il est temps de suspendre tes pensées les plus sombres et de bien les ranger dans cette part d'ombre que le soleil de mai révèle si bien en toi.

17 mai

Quoi, ma gueule ? Qu'est-ce qu'elle a ma gueule? Pourquoi me regardes-tu ainsi? Tu veux ma photo ? Ou pire, celle de ma maîtresse ? Bâtard, va ! Faudrait pas pousser trop loin ton goût pour l'image narrative! T'es prévenu : je suis d'une humeur de chien.

Je dois patienter pendant que madame envoie des textos à son nouveau chum et il va falloir rester assis et attendre cet abruti ici, alors que j'ai déjà envie de l'envoyer promener. Parce que je connais la chanson. Au printemps, les humains sont des bêtes. Les phéromones tourbillonnent tous azimuts. Tu peux me croire, j'ai du flair.

Et dans quelques semaines ou quelques mois, ce sera comme à chaque fois la chute libre dans le chagrin d'amour.

Et qui sera là pour éponger les pleurs, lécher les blessures ? C'est bibi, toujours bibi, le seul qui reste fidèle au poste.

Mais je ne me plains pas : croquettes de premier choix, promenades régulières, la baballe de temps en temps, des caresses quotidiennes. Je ne te dis pas l'effet de ses doigts agiles aux ongles carminés dans mon pelage électrisé !

Et puis, je suis bien le seul qu'elle garde en laisse quand je la promène. Ce n'est pas une preuve d'attachement, ça? Elle n'a même pas essayé avec les autres. Je suis pourtant certain que quelques-uns auraient aimé. Mais il n'y a qu'avec moi qu'elle ose être maîtresse. Je suis son chien. Je l'ai dans la peau.

Si tu t'approches, je mords !

18 mai

Suspendre quelques jours de ma vie tout là-haut, dans cette tour sombre de béton qui domine la plaine d'où aucun ennemi ne viendra puisqu'il n'existe pas.

Pourtant certains de mes voisins âgés semblent se méfier, se retranchant frileusement derrière leur porte verrouillée électroniquement, à peine rassurés par le gardien en uniforme enfermé dans sa guérite au rez-de-chaussée.

Il sacrifie son existence à une fonction débranchée du réel. Tout est si calme dans les ruelles.

Mais où est-elle donc, la réalité ?

Peut-être dans cette promenade passagère qui me fait découvrir des lieux, des êtres inconnus et dans cette construction chimérique de sable, de gravier, de ciment et d'eau que le temps peu à peu dissout autant que mon orgueil.

Les blockhaus dans lesquels nous voulons tant nous exiler redeviennent déjà poussière. Nos paroles et nos rêves sont balayés par ce vent qui ébranle ce matin les ferrures du balcon et qui vient chanter la dérision de toute chose.

Seuls importent les prochains pas que je ferai vers toi et ton sourire mélancolique quand tu goûteras mes mots.

19 mai

Touriste, regarde-moi dans les yeux.

Tu n'as pas fait tout ce chemin, traversé des frontières, souri aux douaniers, réservé un hôtel, gravi en transpirant les marches des escaliers qui serpentent sur le flanc du Mont-Royal, pour rater notre rencontre ! Reprends ton souffle, tes esprits, and look at me. J'ai des choses à te dire entre quat'z'yeux et bien d'autres à te montrer.

Approche, n'aie pas peur et lâche ton smartphone par lequel tu appréhendes le monde. Libère ton regard ! Il est temps pour toi de voir autre chose, d'ouvrir l'œil et ta pensée unique. J'ai du vécu, des histoires engrangées à te raconter.

Depuis le temps que je suis planté ici, j'en ai vu défiler des amours, des humains, des mutations urbaines, des courses de nuages, des avions, des oiseaux, des saisons, des nuits et des jours, des vies et des morts.

Viens ! Jette un coup d'œil pour voir plus loin et multiplier tes points de vue.

Je vais te dessiller la pensée, t'ouvrir de nouveaux horizons et de belles perspectives.

Je t'offre à l'instant un nouveau regard sur la vie. C'est une mise au point.

Ne prends pas la fuite !

20 mai

J'en étais arrivé au croisement de la rue Faillon et de la rue Berri, espérant l'accueil du Cafécoquetel qui, étant fermé, ne m'offrit que la perturbation de mes perspectives. Ce n'était déjà pas mal et je tentais de me sentir d'aplomb lorsque je le vis marcher de l'autre côté du miroir.

Ce type-là me rappelait quelque chose. J'étais certain de l'avoir croisé ailleurs.

Il s'approcha calmement. Il paraissait aussi peu pressé que moi.

Arrivé à ma hauteur que je cherchais encore à déterminer, il n'hésita pas à m'adresser la parole : « Tu vas bien ? »

C'était une bonne question. Je venais justement de me la poser. Je répondis donc presque sans barguigner que j'y réfléchissais, pesant le pour et le contre, faisant le bilan et que j'étais plutôt paisible en n'attendant rien, mais recevant ce qui advenait comme un cadeau de la vie. Je le perçus un peu impatient devant mes circonvolutions.

Je lui avouai alors avec plus de précision qu'en cet instant, j'avais rendez-vous avec une chargée de mission culturelle dont le titre me paraissait déjà aventureux.

Il me sourit et s'assit à côté de moi en me donnant un affectueux coup de coude.

Je le trouvai bien familier.

— Tu ne changes pas ! Tu ne peux t'empêcher de faire des histoires !

Cela me fit rire. Il semblait bien me connaître.

Je l'observai plus attentivement.

Casquette, marinière sous la veste légère, foulard en harmonie. J'avais moi aussi choisi d'assortir les mêmes vêtements. Et il portait en bandoulière la réplique exacte de ma jolie besace en cuir. L'œil pétillant, il paraissait à la fois perplexe et amusé par notre confrontation.

J'eus un bref éblouissement. Le taxi conduisant la dame avec laquelle j'avais rendez-vous s'arrêta à l'angle des deux rues. La portière en s'ouvrant projeta un éclat de lumière qui balaya les reflets mouvants dans lesquels je me cherchais. Ayant retrouvé mes esprits à défaut d'autre chose, je déclarai joyeusement à ma nouvelle interlocutrice qu'un voyage est toujours une rencontre avec soi-même.

Un curieux reflet passa dans son regard.

21 mai

Ils sont sur la mauvaise pente, mais nous on s'accroche ! Nous vivons, nous mourrons, nous nous enchevêtrons et poursuivons nos cycles. Ils pourraient en prendre de la graine, mais ils sont sourds à nos murmures. Chacun son langage.

Ils ignorent depuis toujours le nôtre, se gargarisant de leur parole et insensibles à tout ce qui diffère de leur normalité.

D'ailleurs ils sont implacables même pour ceux qui faisant partie de leur espèce, s'écartent de leurs codes si mouvants. Ils exterminent les amis d'hier en les isolant dans une identité meurtrière. Leur cruauté est infinie quand il s'agit d'éradiquer une différence le plus souvent fantasmée.

Ils en sont venus à museler même tout ce qui les fit jadis survivre, contraignant leur imagination qui est pourtant sans limite. Par réflexes sécuritaires et normalisateurs, ils enferment leurs petits dans des prisons scolaires. Les enfants ne nous grimpent plus dans les branches. Nous eûmes cependant de belles complicités et il est plus d'un jeune poète qui eut la révélation de son art de vivre en captant le frémissement de notre frondaison ou les alliances sensibles qui naissent dans l'enchevêtrement de nos racines.

Mais ils passent désormais. Certains se préoccupent de laisser notre nature reprendre ses droits. Ils ferment des sentiers inutiles qui nous déchirent l'âme. Ils tentent de nous laisser de la place. Ils n'ont pas encore compris la dérision du pouvoir qu'ils exercent encore. Ils veulent toujours atteindre le sommet du Mont-Royal pour dominer la plaine. Certains le font même au pas de course, s'enivrant de performance. L'essentiel leur échappe.

Il palpite pourtant dans les enchevêtrements tortueux que nous inventons patiemment. Il suffit de nous contempler un instant pour le percevoir.

22 mai

C'est l'engrenage : tu retournes au papier. Ce n'est pas tout de lancer des mots sur la toile, encore faut-il les semer dans un terreau où ils feront des petits pour que le lecteur moissonne. Nous reviendrons donc au pamphlet et à nos impressions de pirates en pensant au lithographe Carlos et à ses pierres brisées.

Il nous a raconté sa vie qu'il a créée en artiste, passant de l'Angola à la Révolution des Œillets pour atterrir à Montréal afin que l'existence soit en taille-douce. L'encre bien noire est source de résistance. La lithographie multiplie les éclairs de conscience. Et la beauté du monde se révèle soudain dans la trame méticuleusement gravée. Elle a les traits de la femme perdue. Saudade.

Ce n'est pas tant l'accumulation de nos images qui importe, nous ne possédons rien, mais le chemin expérimental de leur création.

Revenons aussi au caractère de plomb. Que notre langage s'incarne, prenne du poids ! Nous ne traiterons pas le texte pour le réduire en esclavage. Il ira là où on ne l'attendait pas.

Il faut libérer aussi et le plus souvent sauver, quelques précieuses machines dont on méprise l'ingénieuse histoire et surtout celle des artisans qui les firent ronronner. Retrouvons le chant de l'encre sous son rouleau amoureux. Presses typographiques, offset, pour l'estampe, à platine, elles sont là, bien campées, trapues sur leurs pattes de fonte, solides, têtues et étonnées d'être encore utiles à quelque chose.

Mais Carlos nous l'a rappelé : dans l'étouffoir d'une dictature, les typographes imprimeront toujours des cris de liberté et les sérigraphes feront hurler les murs.

Il nous faut toutes les couleurs des encres pour que la vie perdure.

23 mai

Au début, elles vous paraissent charmantes, ces petites bêtes. Vous traversez un jardin public, vous longez ce joli potager communautaire et vous êtes surpris par l'écureuil qui jaillit du buisson, s'immobilise, vous observe, cligne de l'œil, hausse les épaules et poursuit son chemin sans plus s'occuper de vous.

Un peu méprisant, l'animal. Après tout, vous êtes une plus grosse bête que lui.

Vous continuez votre promenade. Vous en rencontrez un autre qui a chapardé quelque chose et qui le tient comme un avare le ferait de son trésor. Vous savourez vos clichés anthropomorphiques en ricanant avec Tex Avery.

L'après-midi s'écoule. Vous en observez bien d'autres, toujours affairés. Mais vous avez la désagréable impression qu'ils vous tiennent à l'œil.

Vous ressentez une légère inquiétude lorsqu'ils se rejoignent. Deux, trois.

En voilà encore un autre qui bondit et caracole. Ils sont au moins six, accrochés au tronc de cet arbre. Ils pullulent.

Vous les trouvez de moins en moins charmants, gris et sales, bien canailles. Ils n'ont pas la grâce flamboyante de leur cousin roux dont vous avez toujours apprécié la fugacité et surtout l'unicité.

Et puis franchement, ne serait-ce un reste de panache du côté de la queue, n'ont-ils pas plus de ressemblance avec le rat, surtout par le nombre ? Vous pestez en proie à de vieilles terreurs.

Le soleil décline. Les ombres mauves s'allongent. Voici l'heure crépusculaire où se révèle le mystère. Vous remarquez les bandes qui se forment. Ici, ils sont déjà plus d'une dizaine. Vous pressez le pas. Ils couinent autour de vous.

Vous avez l'impression qu'ils vous suivent et même que certains vous précèdent. Il n'y a plus d'autres promeneurs. Les rues sont désertes. Chacun se barricade. Un chien, quelque part, hurle brièvement. Vous êtes l'étranger dans la ville qui se métamorphose.

À vos pieds, un flot gris vous entraîne déjà.

Vous avez juste le temps de comprendre pourquoi il est conseillé de faire pousser devant sa demeure des plans de ruda, l'herbe de grâce.

Trop tard.

24 mai

On ne vous apportera pas tout sur un plateau, pardon : un cabaret (on désigne ainsi à Montréal le plateau utilisé dans un restaurant en libre-service).

Dans le spectacle permanent de la vie, il faut savoir jongler et souvent contourner l'obstacle, trouver un nouveau chemin en évitant la catastrophe d'un conflit stérile. Au diable, la performance !

On ne peut traverser l'existence en ligne droite même si l'on a acquis un certain équilibre.

Le promeneur-philosophe a l'art du détour, du chemin sinueux, de l'itinéraire aléatoire et même de l'impasse qui lui apporte toujours quelque chose. Dans une voie sans issue, il lui est encore possible de faire demi-tour en ayant conscience que l'on ne revient jamais sur ses pas.

Rebrousser chemin, c'est déjà changer de point de vue.

De toute façon, ce qui importe, c'est la promenade, qu'elle soit courte ou longue, et les beaux instants de gourmandises partagés.

Mais ce soir, je passerai mon chemin, préférant déguster à la petite cuillère ma solitude et ses saveurs complexes, toujours douces et amères.

Le serveur n'est guère avenant et je ne risquerai pas l'accident.

25 mai

L'aboiement très reconnaissable vient d'en haut. Je lève les yeux. Derrière l'une de ces fenêtres toutes semblables, l'aventure est en cours. Je connais l'histoire. Je la lisais déjà tout gamin. J'ai toujours l'album en plusieurs versions, noir et blanc ou en couleurs. J'ai dû le parcourir des milliers de fois pour vérifier son éternité narrative et rechercher les traces de mes émerveillements d'enfance.

Il faut sauter de case en case pour parvenir à suivre Milou qui n'en fait qu'à sa tête et perturbe la linéarité morale de Tintin.

Et voilà qu'il apparait soudain, mon héros du normal, mon zéro graphique, passant audacieusement par le battant d'une fenêtre, posant le pied sur l'appui de la suivante, franchissant le vide, s'agrippant au dormant du cadre et plongeant enfin par-dessus l'allège tandis que le châssis coulissant se referme.

Pour sauver son chien capturé par un gang, il a risqué la guillotine. Je respire. Milou jappe. Tintin le sermonne.

Je compte les fenêtres qui sont les cases bien régulières d'une vieille bande dessinée.

Tintin m'accompagne en Amérique.

26 mai

La truite des Bobines a remonté le courant pour venir faire frétiller mes papilles, façon gravlax, sur ce lit de laitue frisée émoustillée par les échalotes au vinaigre et magnifiée par la rouille d'oursin. Cela commençait bien. Vint ensuite et sans se presser, l'adorable et rond pétoncle poêlé qui s'offrit pudiquement sur sa couche de pleurotes Blanc de Gris marinés, baigné par cet exquis consommé infusé au sarrasin. Après la délicate dégustation, par petites bouchées, des textures moelleuses où le croustillant de la tuile contrastait heureusement, j'admirai la salle, vérifiai que nul ne m'observait et, avouons-le, je sauçai.

Reprenant mes esprits, m'accrochant à un reste d'élégance, j'accueillis ensuite avec un sourire de plus en plus large, le canaille cotechino maison poêlé, une tranche de saucisse gaillarde qui se dandinait plus grassement dans ses lentilles béluga aux choux de Bruxelles fermentés jusqu'à ce que le pickle de moutarde tempère sa rusticité. Je respirai avec reconnaissance, l'âme sereine, l'œil ému, jusqu'à ce que la gracieuse caille rôtie sur le coffre, cuisse en cromesquis, vienne se pâmer autant que je le fis, sur sa purée fine de céleri-boule. Le temps s'immobilisa.

Mon verre de vin rouge, une surprise venue du Jura et m'apportant ses fragrances de fruits rouges et noirs en un joyeux Trousseau, pleura mes larmes de joie.

Enfin, ce fut un bouquet final de saveurs très anciennes, de celles qui évoquent les groseilles rouges chapardées dans les buissons de notre enfance, contenues dans la charmante tartelette au yaourt de bufflonne, recélant le secret d'un praliné aux graines de tournesol et chapeautée d'une gelée de cassis ornementée de fleurs du moment.

Ainsi se conclut cet instant de beauté.

Ce fut le moment où les choses se touchent, s'assemblent, s'harmonisent. Il y eut la passion d'un chef et de sa brigade, celle des sommeliers qui magnifièrent la dégustation de chaque plat par des vins vivants, orange parfois, toujours très particuliers, et ma disponibilité totale.

Il y eut aussi le langage du maître d'hôtel philosophe, qui en amoureux des mots intensifia encore le plaisir transmis par les mets.

27 mai

Marcher encore puisque j'ai l'immense privilège, l'étrange folie et sans doute un peu de courage ou de naïveté pour oser faire de ma vie une sorte de promenade. Marcher en se laissant surprendre par les frontières que l'on traverse, comme on le fait en écrivant.

Tu crois connaître l'itinéraire, tu l'as tracé, tu cernes les lieux, à peu près les personnages, mais soudain tout ce que tu as prévu se métamorphose, prend son autonomie et s'emballe pour te conduire ailleurs. Terra Incognita. Tu replies ta carte et acceptes la déroute.

Tu n'es plus que le réceptacle d'une aventure intérieure qui t'entraine à découvrir l'envers du décor et tes coulisses intimes.

Tu te rends compte que les piliers qui soutiennent ton édifice sont bien fragiles. Le béton se dégrade, les ferrures apparaissent, la rouille et le temps ont tout grignoté. Tu n'es plus armé.

Mais par la fissure qui grandit entre tes certitudes, tu es ébloui par la splendeur lumineuse. Tu es conscient du réel qui n'a rien de confortable. Tu vis.

28 mai

Et puis il y a ces croisements de nos chemins de vie. On a beaucoup marché, traversé la ville et le temps. On se surprend avec tous ces récits que l'on a accumulés. On ne s'attendait pas à se raconter aussi spontanément. Mais on partage ce soir, parce qu'il fait doux, que l'on se sent bien ensemble avec une évidence miraculeuse.

Au début, on se provoque un peu du coin de l'œil, on tâte le terrain en accordant notre langage, ce Français qui lui aussi a bien voyagé, qui vit en nous et qui palpite. Il a pris racine ici, il a des saveurs de notre ailleurs, il est épicé par cette langue qui impose son pouvoir de commerçant mondialiste. On cherche les homonymes qui préservent notre humanité en se méfiant de ceux qui nous isolent dans une identité.

On les aime tous ces mots. On en extrait la moelle rabelaisienne. On en goûte les doubles sens. On savoure la métaphore.

On glisse vers la métonymie, voire l'hypallage. Mais on évite avec humour les pires calembours. Quoiqu'en fin de repas, nos frontières sont abolies.

Nous échangeons avec tendresse nos histoires de vie. On a joué cartes sur table.

Alors, on reprend son souffle et ses bagages. On sait déjà que l'on se reverra puisque l'art de la conversation partagé ce soir nous a permis de déguster nos affinités et de fêter notre ancienne ou toute nouvelle amitié.

29 mai

Si je n'écris pas aujourd'hui, demain il sera déjà trop tard. Et c'est ma façon d'être en vie, de remonter ce grand boulevard, le cœur battant en m'extasiant tant qu'il est temps des histoires à peine aperçues de tous ces inconnus.

Et puis, et puis, comme le disait mon bon Queneau, si la vie des autres m'intéresse, si je l'observe avec délicatesse, la mienne aussi je vous l'assure ! Je vous en parlerais bien en ce fatal instant de ma ptite vie.

Ça m'intéresse un tant soit peu z-également ma ptite vie. La vôtre aussi et puis celles de mes chéries qui sont là-bas si loin de moi.

En ce jour d'anniversaire de mon débarquement sur cette étrange terre, j'ai bien envie de lever le rideau, que l'on allume tous les projos, qu'on fasse la fête jusque dans les coulisses en invitant les hommes et les femmes fantômes laissés pour compte dans les impasses de cette ville où s'effacent leurs traces.

Mais je resterai discret. Avec lenteur et minutie, je ferai ce que je pourrai pour dissoudre un peu de misère sans en avoir l'air. Je remonterai sur les planches un autre dimanche où je serai à nouveau camelot-poète, présentant dans un fou rire et en musique, mes jolis produits Pot-Éthiques. Je garde dans une immense bouteille des mots très doux qui émerveillent et qui éveillent.

Amis, nous ferons péter le bouchon quand nous nous retrouverons.

30 mai

Tu te promènes innocemment, si tant est qu'tes pas soient innocents, rien ne te l'annonce vraiment, tu es au cœur d'une parenthèse et tu te perds, bien à l'aise.

Déboule soudain en un frisson, la révélation.

En t'asseyant sur la terrasse de ce petit café qui se réchauffe sous un premier rayon de soleil, tournant un peu autour du pot, tu reçois en plein visage, ce message : « N'oublie pas de t'aimer ! »

Quelle affaire ! Tu le sais bien : c'est du slogan, du bizness, du marketing qui s'colle à la détresse. On te fait l'coup de la tendresse pour t'ponctionner quelques dollars. Ne crois pas à une autre histoire. Mais c'est plus fort que ton café : tu dégustes l'injonction à la petite cuillère. Tu en savoures l'amertume et tu ne penses même pas à l'édulcorer.

Tu navigues et divagues avec le vague à l'âme sur l'onctueuse mousse de lait qui rappelle très vaguement les douceurs qui te berçaient, enfant. Près de la mère, tu n'as plus pied. Et le breuvage est bien amer.

Tu vas boire la tasse d'un seul coup en te questionnant si tu l'aimes vraiment, ce goût.

Mais ton cœur bat un peu plus vite. Tu te réveilles. Tu te relèves, ragaillardi.

Tu vas poursuivre la promenade, sentir bouger avec jubilation, tes jambes, tes pieds et tes mollets. Tu vas goûter l'air sur ta peau, l'odeur des rues après la pluie, le parfum frais d'une dame peu frileuse.

Tes oreilles captent de nouveaux accents, l'éclat d'un rire, un cri d'enfant. Et tes yeux mangent toutes ces images qui défilent infiniment. Tu n'as pas le temps de fixer toute cette générosité.

Tu es debout. Tu vis. Tu marches. Tu as une faim joyeuse que rien ne peut rassasier. Tu es ce corps qui se sourit et qui se remercie d'être en vie en pensant l'instant.

31 mai

Débarrassée du flot des voitures, la rue Saint-Denis appartenait désormais aux piétons. Ils envahirent l'espace libéré pour venir fêter la bande dessinée.

Il ne manquait pas une case et l'on pouvait naviguer sans craindre le naufrage, dans le courant confus des badauds réjouis. C'était un dimanche et il faisait beau.

Je pris donc mon bain de foule, remontant vers l'amont, cherchant la source, plongeant en apnée, reprenant mon souffle près de ces poissons multicolores voraces de dédicaces.

Je croisai quelques sirènes tatouées sur des bras marins. Je m'échouai parfois devant une belle image pour replonger ensuite dans le joyeux torrent qui m'entraina plus loin, vers d'autres continents imaginaires. Je fis l'anguille et des bonds de saumon pour mieux voir quelques baleines qui passèrent en chantant. Il y eut même des poissons volants, des poulpes philosophes, des oursins mal léchés.

Puis je me fis pêcheur pour bien manier ma barque. Je godillai dès lors dans le courant, jetant l'ancre et mon filet pour prendre des images. Il fallait faire vite : elles filaient comme des bancs de poissons iridescents dans toutes les directions.

Lorsque je revins au port, la nasse bien pleine, je jetai sur le quai mes plus belles captures. Je les triai pour rejeter les plus jeunes, encore imprécises. J'aime libérer ces images immatures qui s'en iront ailleurs en créer de nouvelles.

J'eus alors l'évidence de ce joli cliché : un petit trésor que m'offrirent ces deux-là qui s'étaient bécotés, heureux comme des poissons dans l'eau. Je ne les avais pas vus au moment de la pêche. Ils me surprirent là, au centre de mon objectif.

La belle prise de vue révèle l'amour que l'on pèche parfois dans la rue Saint-Denis.

1er juin

Il faut rester prudent. On le sait.

Le Grand Méchant Loup circule toujours à bord d'un RAM 3500 Laramie, moteur turbodiesel. Une bête ! Et si la vitesse en ville est limitée, le Petit Chaperon Rouge a intérêt à se méfier des pulsions refoulées. Un coup d'accélérateur est encore possible. Il arrive que le fauve se déchaîne, oubliant à l'instant toute sa bonne conduite.

Il gronde depuis quelque temps devant le feu rouge. La petite fille passe, fière d'avoir autant de galette que sa grand-mère.

Elle n'a plus dans son panier qu'une carte de crédit et jette seulement aux mendiants échoués sur les trottoirs, un regard de mépris.

Derrière le pare-brise d'un noir profond comme la nuit, le loup la guette.

Il en ferait bien une bouchée, comme dans le bon vieux temps. Mais la fillette connait ses droits. Elle se campe au milieu du carrefour et brandit son écriteau, avec un brin d'insolence.

Le feu passe au vert. Le loup aussi.

Les bolides roulent au pas. Le loup suit, le loup passe, la queue entre les pattes.

Il sait bien qu'à la moindre incartade, tous les téléphones cellulaires du pays hurleront son nom, prénom et pédigrée. Il tient à sa peau et s'en va manger plus loin, dans un restaurant végan.

Jus de pomme +
cerise noire
banane
ananas
framboise + banane
Manque
Gingembre
Sirop d'érable
Chocolat hollandais
Caramel
Pistache
Orange
Cheesecake
1 BOULE - 5.20
2 BOULES - 7.50
3 BOULES - 8.95

2 juin

Elles sont partout, les p'tites machines. Elles ont le don d'ubiquité, elles font des petits, se multiplient à volonté.

Et l'on s'incline respectueusement devant leur écran pour valider le hold-up permanent de notre argent.

Déjà, nous savions bien que le pognon n'est pas tout à fait réel, mais il est devenu virtuel et il est bien plus agréable d'être du côté des gens rentables, d'avoir un compte, là quelque part, qui vous permet d'offrir à boire, de faire son beurre, de sortir tard. Avec la carte électronique, c'est encore plus pratique de consommer sans trop compter. Dès que tu as la connexion, tu dépenses avec pour toute limitation, ton p'tit plafond. Pour peu que tu aies tout prévu, dans l'beurre tu poses ton cul.

Mais pour ceux-là qui dorment dans la rue, y'a pas d'mystère, c'est la misère.

Vu que même ceux qui en ont, n'ont plus le moindre sou tout rond, ces pièces que l'on jette négligemment dans l'escarcelle du miséreux.

Il peut aller crever ailleurs que dans ce monde meilleur.

Gloire à la carte de crédit qui nous rend la vie propre et jolie.

3 juin

T'as pas d'affaire à faire ça. Quand la brunante envahit la ville et qu't'as marché toute la journée, tire-toi une bûche, t'es trop tanné. Tu peux t'asseoir sur ton steak.

Icitte, tu vas reprendre des forces, perché sur ton p'tit tabouret en skaï de cuir de limousine. Le cul entre deux chaises, en équilibre entre deux mondes, rêvant aux chars de ton grand-père et aux jupettes de grand-maman quand elle dansait le rock'n'roll sur ses caoutchouteuses guibolles.

Je sais que je mélange tout, l'accent, les mots et les époques. N'est-ce pas cela le langage, ce coquetel improbable de nos vocables. Langue vivante, steak admirable ! J'en mangerais bien encore une tranche plutôt saignante, car j'en suis bleu ! Je suis gourmand infiniment de tous vos mots qui sont mes mets. Je les cuisine avec les miens pour que des saveurs nouvelles adviennent.

Effaçons toutes les frontières, libérons nos interjections, nos métaphores, nos mots d'amour. Il faut rouvrir nos oreilles et nos p'tits cœurs endormis, pour permettre à notre langage de nous offrir toutes ses images.

Nous allons baragouiner quequ'chose, provoquer la métamorphose de notre prose. Apportez donc votre grand-mère, gentille et chichiteuse grammaire, votre p'tit frère qui slame et rime et rame, la tantine qui transgenre les accords avec son corps, le tonton plus austère amoureux pointilleux du vocabulaire qui exige la précision de chaque locution et nos bien-aimés cousins déglingués, ivres du verbe, poètes illuminés.

Ensemble, dégustons le bouillon polysémique de nos syntagmes incongrus. Turlututu.

Nous sommes une grande famille, gourmande de sa phraséologie.

4 juin

Elle penche franchement à droite, mais mon cadrage est-il objectif ?

Toujours est-il qu'elle s'accroche, la vieille demeure réactionnaire. Elle rêve, perdue au milieu du béton, des grues grinçantes et des grandes érections.

Avec une nostalgie un peu douteuse, elle se remémore ses frasques d'antan, lorsqu'elle était jeune fille de bonne famille et recevait en souriant, les jeunes gens du même rang au thé dansant. C'était le bal des limousines, des robes en soie et à volants.

On attendait le Titanic en dégustant un Manhattan (5 cl de rye whisky, 2 cl de vermouth rouge, 1 trait d'Angustura, le tout servi dans un verre à cocktail glacé et décoré d'une cerise au marasquin).

Appuyé au grand piano qui jouait un peu faux, on s'ennuyait élégamment.

Le bateau a coulé. Un autre monde est né, accumulant les massacres de grande envergure, industrialisant la mort, grignotant inexorablement la nature et, accessoirement, imposé quelques droits sociaux. Voilà qu'il faut bien les loger, ces drôles d'oiseaux. On empile des cages pas trop loin de leur boulot.

La vieille demoiselle a gardé sa vertu, mais se retrouve bien penaude, accrochée à sa petite colline, encerclée par ces grandes volières qui s'ingénient à lui faire de l'ombre en espérant qu'elle comprenne que le monde a changé et qu'elle ferait mieux de dégager.

Elle demeure, têtue. Elle touche du bois, dodeline un peu, craque de la charpente, s'inquiète pour ses fondations, redoute la tuile, mais ricane en douce.

Elle s'en fout : elle est classée. Faisant partie du patrimoine, elle tire la langue et fait la nique à toute politique urbanistique.

5 juin

Bonsoir, Monsieur et chapeau !

Vous êtes défunt, paraît-il, mais vous dominez la ville. Comme quoi un bon artiste est toujours un artiste mort.

On peut exposer son corps et le mettre en façade, lui faire dire ce que l'on veut, le réinterpréter à volonté, en faire l'icône brevetée, image de marque agréée pour le touriste émerveillé.

Mais lorsque je passe près de vous, je ressens encore l'élégance de votre blues infini et doux, qui se balance.

Dance me to the end of love. N'êtes-vous pas allé au bout de tout ? Des mots, de la vie, des aventures, des lits et de la littérature ? Hallelujah ! Votre voix éclaire les nuits les plus noires ou tamise les spotlights de la gloire.

Un violon chante la dérision, la joie, le drame, la déraison, façon klezmer, dans vos chansons. C'est un rythme ancien qui a survécu, enraciné dans le cœur des humains qui ont tout connu, de la pire désillusion à l'illumination, et qui ont compris de la vie, la tragédie.

Marchons un peu plus loin puisqu'il fera beau demain.

Balance tes refrains. La ville pleure un p'tit crachin.

Je souris de la douceur de ton chagrin.

6 juin

Je ne sème plus de cailloux blancs dans les sentiers que j'emprunte, à peine des miettes, pour faire plaisir aux oiseaux qui les picorent. L'essentiel n'est pas de laisser des traces. On ne retourne pas en arrière. Et je ne veux pas que l'on me suive.

Que chacune et chacun découvre ses chemins détournés ou apprenne à se perdre sans redouter l'impasse. Marchons au présent.

Ainsi, j'arrive quelquefois à un croisement de routes. J'y rencontre des promeneurs égarés et lucides qui ont pour tout bagage, leur langage. On s'assoit. On se dit qu'il était une fois. On écoute.

Vient l'histoire de Petit Jean et de sa princesse Perdrix perdue. Il a beau être chanceux chasseur, on a bien peur que le bonheur s'envole loin de lui. Il n'a pas choisi d'avoir une maman femme au foyer qui a depuis longtemps le désir enfermé dans le nœud bien serré de son tablier.

Le conte passe, l'œdipe aussi.

On se trancherait bien une cuisse ou le vif du sujet, pour nourrir l'aigle afin qu'il nous emporte plus loin, auprès de notre blonde qui s'impatiente un peu de vivre des jours heureux. On fait c'qu'on peut.

Mais c'est la conteuse habile qui vole, volubile. Elle ouvre les ailes, plume dans les cheveux et yeux malicieux. On la suit, réjouis. Elle a bien d'autres histoires dans son sac. Elle les jette en pâture dans cette nature retrouvée où doit bien se cacher l'un ou l'autre lutin cruel et malin. Le blé pousse. On moissonne. On a toujours faim. Et on lui emboite

le pas dans les sentiers sinueux de ses histoires et du Mont-Royal. On devient ami de la montagne dont le cœur bat sourdement sous nos bottines.

La bonne diseuse mâche et mâchouille ses chants anciens et ses refrains. Elle nous entraine un peu plus loin, plus profondément, près des racines qui sont communes aux humains.

Elle est l'enfant qui s'émerveille, la femme sage qui la nuit veille, la biche et le guerrier blessé, l'orpheline abandonnée, la folle aussi et la sorcière dont on craint un peu le mystère.

Sa parole est d'or et chaque mot qu'elle offre, fait danser son corps devenu coffre au trésor.

7 juin

Il n'a pas la moindre hésitation. C'est un cador, un vrai champion en complet veston. Il indique la bonne et unique direction, celle qu'on a toujours suivie pour être mieux, engranger du profit, monter plus haut, aller plus loin, préparer demain en écrasant le présent. Il hypnotise et il convainc.

C'est regrettable, il reste quelques vieux non rentables, des enfants qui perdent leur temps en se blottissant dans les bras de leur maman et puis tous ceux qui sont tombés et qu'il ne faut surtout pas aider à se relever. Enfin, il y a des insolents qui regardent ailleurs, de vrais rêveurs, et qui se demandent s'il ne serait pas urgent de penser autrement, d'arrêter le mouvement presque inconscient, de respirer un peu,

de laisser à la vie tant qu'il en reste encore, le temps de rejaillir au milieu des gravats et de tout ce qui est déjà mort.

On sent dans la fusion de polyuréthane, un début de discorde. On sait qu'il pleut des cordes là-bas et des tonnes de bombes, que des corps se disloquent, que les pires instincts abolissent l'humain. Toujours la même chanson de la chair à canon, tandis que les entreprises qui capitalisent, trépignent et investissent dans le drame. On vend beaucoup d'armes. Et quand tout sera détruit, il faudra reconstruire. La guerre est toujours pour certains, une bonne affaire à faire.

Passe un frisson. La façade des banques n'est plus aussi lisse. Dans la foule apeurée, une majorité glisse et beaucoup ne peuvent nager même si la mer monte.

On s'inquiète enfin de ce que devient le monde. Il va falloir chercher de nouvelles bouées.

Des bras se lèvent en se retroussant les manches, des mains se tendent en cherchantle tendre. Le troupeau des humains peu à peu se disloque. Il en est quelques-uns qui prennent d'autres chemins.

Ils trouveront peut-être une nouvelle façon d'être.

8 juin

Il faut bien des miracles pour qu'existe un livre
D'abord on doit l'écrire et ce n'est pas du gâteau
Faut arrêter le temps, souvent se lever tôt
Ce n'est plus un travail, mais une façon de vivre
Qui enivre

Ensuite il faut re-re-re-lire et encor'corriger
Se remettre tant de fois à l'ouvrage
Sans jamais s'essouffler ni perdre ce courage
Qu'il nous faudra encore pour oser l'envoyer
Ce n'est pas gagné

Vient alors cette étrange relation
Qui se fera peut-être avec un éditeur
Ça vous fait parfois mal, ça brise votre p'tit cœur
Et le plus emmerdant c'est quand il a raison
Faites attention

Et pis ce n'est pas fini, faut encore l'imprimer
Choisir avec amour une belle typographie
Et si c'est nécessaire son iconographie
Ce n'est pas très coton, car il n'y a plus d'papier
Faut en trouver

Alors voilà, le livre est là, tout frais, tout beau
On en parlera une fois à la télévision
On l'achètera un peu si on retient son nom
Seulement quelques-uns liront vos jolis mots
Si vous avez du pot

Et puis un jour dans une boite à livre
Perdue dans une ville que vous n'connaissez pas
Vous le découvrez : quelqu'un l'a enfermé là
Pour qu'un lecteur nouveau gratuitement le délivre
C'est vraiment un miracle, un livre

LA RÉVOLUTION
PASSERA PAR
LE VÉLO
JULOS BEAUCARNE
CUISINIÈRE
CUISINIER

9 juin

Mon bon Julos, toi qui as mis il y a quelque temps des ailes à ton vélo pour aller voir le monde d'en haut, tu sais-tu ou tu sais-tu plus rien que j'ai croisé tes mots sur mon chemin ?

C'était à ce coin de rue que m'avait indiqué l'agent 15, godverdomme ce bon Vertommen, qui faisait comme un gamin des galipettes sur sa bicyclette.

Klet Mariette. Zut et flûte ! Quick et Flupke !

Manquerait plus qu'un cornet d'frites, sauce pickels ou andalouse, pour que je retrouve mes habitudes, les belles paroles de mes Marolles, ma tendre amie en

Wallonie, ma p'tite belgitude et ses incertitudes. Mais non, je caricature, à cause d'Hergé, encore une fois. Des frites, je n'en mange que…parfois.

Et là, je suis à Montréal, la bonne ville du Québec qui me cloue le bec :

— Hé quoi, niaise-moi pas, t'as pas d'affaire à faire ça, tu l'savais donc pas qu'ici le Beaucarne était roi ? Le genre grand seigneur, poète voyageur, copain avec Gilles Vigneault, de notre langue le héraut ?

Je reste coi au bord du trottoir. Cela m'en coute, j'vous prie de le croire. Mais je sens bien que je vais en faire une histoire.

Il suffit que je marche encore un peu, les mots me suivent à la queue leu leu. Et tout le quartier devient piétonnier. Finie, la dictature des petites et grosses bagnoles, voici venir l'ère des guibolles.

Julos l'avait prédit en bon poète visionnaire : « La Révolution passera par le vélo, camarade ».

Je le salue et puis poursuis ma promenade, rêvant de ma bécane monoplace décapotée au cœur du vent.

10 juin

Le square Saint-Louis, c'est le domaine où pleure ma mélancolie. Jour de pluie, la fontaine s'ennuie. Higelin n'est pas loin ni tous ces poètes qui ici se sont assis, y ont posé leur auguste derrière comme Monsieur Laferrière.

Pardon, pardon, je ne suis pas respectueux, mais il pleut. Et puis quand je me frotte à un mythe, je me questionne et médite.

Car enfin, qu'ai-je vu icitte ?

Quelques gentils fumeurs de joints, de pétous, de bedos, de tarpés, souriant béatement dans les volutes de leur fumée dont la simple fragrance me fait déjà planer. Cannabis, cannabis, qu'ici tolère la police.

J'ai vu se baigner dans la fontaine une véritable sirène, tatouée de haut en bas, entraînant les p'tits enfants dans ses ébats.

Il y eut ce glorieux clochard, chantant trop fort sa propre histoire, lassant bien vite les badauds qui préféraient aller s'asseoir loin des trémolos du Figaro.

J'ai observé les gros pigeons se becqueter comme les jolis amoureux jamais rassasiés de leur soif printanière, s'enlaçant infiniment en riant des écureuils qui voudraient bien en faire autant, mais qui s'en vont caracolant perdre leur temps.

J'y ai bu un bon petit café, causé aux gens en les regardant passer : des jeunes, des vieux, des beaux, des laids, de jolies femmes en p'tites jupettes, des gros mollets, des robes longues, des salopettes, des hommes d'affaires très pressés, des étudiants un peu paumés.

Tout ce p'tit monde n'est que de passage.

S'asseoir sur un banc du carré Saint-Louis peut être sage : tu vois passer la vie et comprends que tu en fais partie.

Trempant ta plume dans ce flux permanent, tu pourrais écrire un roman.

11 juin

Les hirondelles ne font pas le printemps depuis qu'elles ne circulent plus en bicyclette. Les temps ont changé. Et je ne vous dis pas pour autant que c'était mieux avant, monsieur l'agent. On en a connu des bastonnades, des ratonades, des passages à tabac, des matraquages d'étudiants, des étouffements de migrants.

Je ne vous provoque pas, j'énumère les dérapages incontrôlés de la maréchaussée. D'ailleurs, je ne suis pas fou : je ne vous dis rien et ne parle qu'en présence de mes propres défenses. L'interrogatoire permanent, je le pratique seul.

Je marche dans le sens du courant sur le boulevard Saint-Laurent, comme l'agneau de la fable, innocent. Ils sont pareils à moi, tous les promeneurs qui passent là, le cœur à la fête, bière qui monte à la tête, un p'tit coup d'vin dans l'nez ou bien d'fumette. Ça rigole et ça fait quelques galipettes. C'est la braderie, la ducasse, l'exutoire qui déborde des trottoirs.

Excusez-moi, mais votre présence refroidit l'ambiance. D'autant plus que je viens d'apprendre qu'en France, vos collègues quelque peu pressés n'hésitent plus à tirer, tragique façon de régler la circulation sans sommation.

Je ne veux pas faire d'amalgame, mais j'ai peur de vos armes.

Vous avez l'air si jeunes ! Ce n'est pas un défaut, mais avez-vous la sagesse et la formation pour gérer tout ce stress, comprendre les mutations, l'atmosphère délétère de la misère et porter cet immense fardeau que, comme un gilet pare-balle, on vous fiche sur le dos ?

Pour moi, une seule chose est claire : rien ne justifie que l'on sacrifie, ne serait-ce qu'une fois, une vie. Retenez au moins cela au milieu des médias qui aboient, même lorsque vous

affronterez une violence ennemie. Quand vous ferez face à la détresse, dégainez s'il vous plait, une dose de tendresse.

Mais je vais circuler comme vous me l'enjoignez. Je vais porter plus loin mes belles utopies, mes capsules d'espoir, mes graines d'empathie.

Circulons, circulons. Il y a tant de choses à vivre et à voir. Bonsoir.

12 juin

Voulant préserver ma fraîcheur, à un certain âge on soigne son image, je décide d'aller chez le coiffeur. Une jeune dame virtuose du ciseau, reine de la tondeuse, fille de Figaro, m'accueille, me prend en charge subito. Je vous l'avoue, je ronronne et fais le gros dos, illuminé par son sourire et son accent pointu venu de Virginie.

La séance commence et je suis charmé. D'autant plus qu'en me coiffant, elle n'arrête pas de parler dans un Français chantant.

Tandis que ses doigts agiles me tripotent le crâne, elle me surprend soudain en parlant de bibites infâmes. On ne se sait jamais où ces conversations qu'on engage avec des inconnus vous emporteront. Mais je comprends enfin qu'elle me dit craindre du maringouin la redoutable piqûre capable selon elle de lui déformer la figure.

Je compatis et avoue que ce serait bien dommage, mais elle m'entraine plus loin et à l'instant me partage son aversion autant que sa fascination, pour les bébêtes angoissantes.

Je ne connais rien de la Mouche Sarcophage, de l'Araignée Loup, du Crotale des Bois, mais voilà que soudain comme sorti d'un monde sauvage, un bestiaire creepy grouille sur mon crâne.

La charmante coiffeuse ne serait-elle pas sorcière ? Je suis à sa merci dans ce fauteuil de cuir, je n'ai pas mes lunettes, impossible de fuir. Et ses doigts plus nerveux gambadent sur ma tête. Sont-ce d'ailleurs ses mains ou n'a-t-elle pas invoqué un absurde démon aux pattes arachnéennes qui fait des siennes ? Ce qui me reste de cheveux sur le chef se redresse derechef.

Mais l'histoire est finie et la séance aussi. Je me lève de mon siège un peu abasourdi. Remettant mes bésicles, tremblant sur mes guiboles, je crois voir dans un coin fuir une bestiole.

La coiffeuse me demande si je suis bien content. Je confirme trop fort mon état bienheureux. Et j'emporte avec moi son sourire malicieux.

13 juin

La littérature est une sorte d'aventure vivante et permanente. On la croit parfois momifiée par le snobisme, empaillée par la notoriété, mais elle a l'art du pas d'côté, de la rature, du pied de nez. Lorsqu'elle se sent trop à l'étroit, étouffée par ceux qui s'y croient, elle va voir ailleurs pour être meilleure. Elle est pareille à la poésie, sa sœur de cœur, qui est l'autre mot pour dire la vie comme le gazouillait si joliment le plus formidable moineau de Paris.

De cela et de bien différentes choses, je papote avec mon ami qui tient la buvette du square Saint-Louis. J'écris buvette mais je pourrais causer d'un palais miniature où le voyageur de passage vient ici narrer toutes ses aventures.

Il sert un bon café et propose justement de déguster à l'instant une tranche de vie. On le sait que ce n'est pas tous les jours du gâteau, qu'on ne ramasse que des miettes et que c'est du boulot.

Faut parfois aller loin pour trouver son chemin. On peut dire qu'il en a fait, mon copain.

Berbère, son choix fut de partir en errance pensant adéquat de passer par la France, croyant bonne pomme au pays des droits de l'homme. On le sait qu'on peut-être bien là-bas, mais que ça dépend pour qui et pas forcément pour toi. Là comme ailleurs, la tendance est revenue d'isoler l'être humain à une seule identité. C'est raté. Les beaux idéaux ont quelque peu moisi. Cela aurait même tendance à sentir le pourri.

Il n'en veut à personne. Il a repris la route, cherchant simplement le lieu où se poser un peu et tenter d'être heureux.

Désormais il sourit au cœur du carré Saint-Louis. Du moins quand le soleil est là, car quand vient la pluie, il reste chez lui. Il est devenu presque sage, mon ami.

Il connait le chanteur, le cinéaste, l'écrivain qui parfois s'assoit là sur un banc pour tenter un instant de remonter le temps. Tout le monde aimerait retrouver un peu de sa jeunesse, ses élans, ses ivresses, qui ont fané près d'ici, dans un café perdu de la rue Saint-Denis.

14 juin

Meubles qui craquent et moi aussi. J'ai rendez-vous avec la beauté, ici. J'aimerais bien, ce matin, définir ce sentiment-là qui se révèle quelques fois lorsqu'on se pose au bon endroit. Et vous, qu'en pensez-vous ?

Ils sont curieux ces beaux instants suspendus dans le temps. On s'arrête, on s'assoit, bien sûr on ne parle pas. On déguste le silence. La solitude est même préférable pour que tout puisse se mettre en place et atteindre l'admirable. Et parfois l'improbable.

Mon chemin hasardeux m'a conduit ici, dans cet appartement d'un temps révolu. Je suis si disponible qu'ils ont osé s'approcher.

Je passe parmi eux. Ils glissent silencieusement, amoureusement, sans un bruit. Leurs mains, qui ne touchent plus rien, effleurent les vieilles boiseries. Ils s'enlacent et se confondent parfois, comme retrouvant brièvement ce qui les avaient unis.

Il y eut des parfums, des histoires de famille, des amants éconduits, des passions étouffées, de l'amour aussi qui a fleuri et donné des fruits. Le temps est passé. Les humains disparus hantent gentiment le corridor, leur ombre fugace s'accroche aux persiennes qui tamisent la lumière et ils passent derrière moi, bienveillants, tandis que j'écris. J'ai aperçu les robes fleuries, un fumeur de havane, de l'alcool interdit.

Un vieux swing alangui grésille dans une radio qui n'est plus. Je le fais renaître par le souffle très doux de la clarinette.

Les tendres fantômes dansent au ralenti, me saluent au passage. Et je vois dans leur sourire un peu triste l'envie de la vie.

Elle s'enracine ici. Le passé la nourrit. Je me lève et m'apprête à poursuivre la mienne. J'ouvrirai bientôt la porte de rue pour plonger dans la ville pleine de bruit, pleine de vie. Je poserai les pieds sur le trottoir éclaboussé de lumière et me laisserai entraîner par le courant, nageant dans les ruelles de ce vieux Québec qui tangue vers son fleuve.

Mais à l'instant, je remercie les vénérables amis qui, dans cet appartement, m'ont si bien accueilli.

15 juin

Au cœur sensible des institutions dont je ris parfois à tort ou à raison, il m'arrive souvent de rencontrer l'humain qui ne se cache pas sous le masque de sa fonction. Soyons plus précis et aussi plus honnête.

Je dois écrire humaine, car les hommes s'accrochent bien plus et avec un orgueil bête à la petite étiquette qu'on leur a collée dessus.

Mais basta ! Durant mon beau voyage, je suis confronté à un bouleversement des genres qui fait avancer ma pensée. Nous sommes en mutation. Du moins je le souhaite pour éviter l'inéluctable autodestruction. Et si mon écriture n'est pas inclusive, c'est que j'aime encore sa petite musique et qu'en vieux musicien je cherche sa rythmique. Mais je sais que ma langue est vivante, elle prend son temps naturellement et on peut l'aider évidemment, pour s'extraire peu à peu de la culture patriarcale bancale, qui ne tient plus debout, dont nous percevons les derniers soubresauts et les terrifiantes régressions qui entraînent en ce moment même l'humanité au tombeau.

J'aimerais, débarrassé des clichés, revenir au madrigal, oser le petit compliment. Peut-être en notre époque est-ce vraiment marginal ? Car il me faut écrire aux dames que j'ai croisées combien je les ai appréciées. Il s'agit ici d'exprimer de la gratitude. Cela non plus n'est pas dans les habitudes.

Prônons encore et beaucoup plus loin cette révolution douce qui face à Thanatos propose la force d'Éros. Hélas ! On confond souvent tout, mettons tous nos tabous à genoux, pensons au-delà de la séduction et causons de nos cultures dans la tendresse et la délicatesse sous le soleil de nos sourires.

Osons enfin faire l'humour, tous ensemble, au moins trois fois par jour. Le monde irait bien mieux si nous riions un peu. Rien n'est plus sérieux.

J'ai vu passer sur le visage de ces dames amies, sourire et ironie. Je crois plus que jamais à ce que nous construisons peu à peu ensemble : ces barricades de joie et ces ponts aériens qui préservent l'humain.

Partageons, s'il vous plait et le plus souvent possible, nos cultures différentes et l'intelligence sensible.

16 juin

Le touriste est un mammifère migrateur et grégaire, se déplaçant généralement avec sa femelle et sa progéniture accablée.

Dépourvu de flair, le mâle suit les traces de ceux qui le précèdent ou l'itinéraire indiqué par son téléphone cellulaire.

Il aime rejoindre le troupeau qui erre sur des territoires propres et balisés. Il les marque en les souillant de ses papiers gras, cannettes et autres déjections.

Les éthologues urbains, munis de balayettes et de patience, passent derrière lui pour redonner à la vieille ville qu'il prend pour un parc d'attractions, s'inquiétant parfois de l'heure de fermeture, le lustre qu'elle n'eut jamais et qui la fait ressembler à un décor de plastique immaculé. Le touriste aime. Il déguste ainsi une portion d'Histoire édulcorée.

Amateur de babioles et de colifichets, il explore en souriant la boutique de souvenirs, absorbe avec gourmandise tout ce qui fait injure à la gastronomie et écoute au bord de l'extase, le musicien de rue qui massacre des standards sur une rythmique binaire préenregistrée.

Dépourvu également d'une ouïe bien développée, le touriste aime quand cela joue bien fort.

Il apprécie l'art, mais évite les musées, préférant la galerie de croutes dont les tableaux tartinés d'épaisses couches de peinture multicolore, prouvent que l'on n'a pas lésiné sur la marchandise. Le touriste exige d'en avoir pour son argent.

Enfin et par-dessus tout, le touriste adore le frisson de l'aventure soigneusement organisée. Il harangue sa meute quand le temps est venu. Madame trottine.

Les enfants se trainent. Il rappelle l'horaire.

Il embarque vaillamment avec sa troupe, pareil aux conquérants des siècles passés, sur un solide navire capable d'affronter les dangereux courants du fleuve Saint-Laurent. L'œil sévère, le foie barbouillé, il surveille sa femme et engueule ses enfants pour que dans l'innocence de leur jeune âge ou l'insolence de leur adolescence, ils ne commettent pas la sottise de basculer par-dessus le bastingage. Un peu rassuré, il se campe fièrement pour faire un égoportrait au milieu du pont. Il ne se doute pas qu'à Québec, il y a des canons.

17 juin

N'ayant pas les ailes d'un ange ni la moindre trottinette, c'est à pied que j'arpente la bonne ville de Québec.

Mon cœur bat, travaillent mes mollets, je suis heureux d'arriver à mes rendez-vous avant d'être sur les genoux.

J'évite la mauvaise pente, sachant qu'il faut toujours remonter et tourne de préférence à gauche (si cela a encore un sens) pour approcher l'humanité.

Les gens que je rencontre s'arrêtent comme moi pour reprendre leur souffle en riant. Nous grimpons alors ensemble en parlant un petit peu moins, les escaliers serpentant entre les maisons penchées qui nous saluent au passage, fières comme nous de tenir toujours debout.

À l'abri du soleil, dans des bureaux plus sombres, nous dégustons l'ombre, un verre d'eau, nos jolis mots et des ribambelles d'idées nouvelles.

Sur le toit d'un immeuble transformé en potager collectif, j'ai semé des projets.

Au cœur d'ateliers préparant l'avenir qui sera poétique et éthique ou ne sera pas, j'ai rêvé d'imprimer sur les presses séculaires, des dessins pour demain.

C'est par la création que nous trouverons des sentiers nouveaux pour le monde à venir s'il y a un avenir. Et ces lieux de passion ont bien raison de faire bonne impression typographique ou numérique.

Le temps passe et nous menace. Nous portons nos angoisses. Mais il faut toujours marcher à Québec comme ailleurs et sentir les battements réguliers de notre cœur.

Chaque pas que nous faisons nous entraîne à la création.

18 juin

Il est temps de mettre le point sur le i, surtout si celui-ci est parti. Vous avez remarqué ? Il faut lire l'image qui soudain ne parait plus très sage. Et même bien stupide, exaltant l'habitude du cupide.

Je m'explique : voilà qu'en rentrant ce soir d'un petit restaurant bien charmant qui combla mes attentes de gourmand, je me réjouissais encore du privilège de pouvoir bien manger, de me cultiver, d'avoir du temps pour penser et pour rencontrer des gens attentionnés, passionnés de surcroit par ce qu'ils créent. Passant devant le palais Montcalm, tout éclaboussé de lumière, celui-ci me proclama son curieux programme : « Ensemble, nous redevendrons ».

Manque le i, j'ai bien compris.

Mais n'est-ce pas beaucoup plus clair ainsi ?

Car ce message très naïf, censé sans doute nous rassurer en ces temps où nous ne pouvons que douter, voulait nous annoncer un retour proche aux habitudes : consommation des produits culturels, consumation des ressources naturelles.

Mais c'est fini, les amis ! Il va falloir cesser de vendre. Voilà ce que ce slogan peut paradoxalement nous apprendre. Le désir de revenir à la normale, qui était déjà une situation anormale, est la folie qui nous entraine droit au tombeau.

Faut changer illico de créneau.

Je me dis qu'il est temps de retrouver ma boutique de petits pots éthiques, mon magasin qui récupère et ne vend rien.

J'ai l'intuition d'un changement radical. Proclamons le rêve général.

L'art et la poésie ont depuis longtemps tracé des chemins loin du monde marchand. Mon utopie est de les choisir pour rester vivant.

19 juin

Les oiseaux de passage s'accrochent à leurs bagages et ne font pas attention à elle bien qu'ils picorent distraitement ce qu'ils lui ont commandé.

Matelot corvéable d'un navire immobile, elle regarde les autres partir loin de la gare des autocars. Ceux qui arrivent ne s'arrêtent pas dans sa taverne moderne.

Ils ont mieux à faire.

Je lui demande un café même si je sais qu'il ne sera pas bon.

Que voulez-vous ? On se réchauffe comme on peut lorsqu'il faut bien tuer ce temps que l'on sait pourtant si compté.

Je voudrais être un peu gourmand, mais je me retiens de désirer un croissant.

Il a des reflets de plastique sous la vitre du comptoir.

Tout ici est plastifié, hygiénique, mécanique.

Les distributeurs de liqueurs sont automatiques. Mon horaire est lisible sur le panneau numérique. Je paye avec ma carte électronique. Nique. Nique.

Elle dépose mon café près de la caisse. Carte de débit. Carte de crédit. Ses yeux voyagent ailleurs et je ne suis pas certain qu'il soit bien meilleur.

Comme je la remercie et ose un sourire, je la vois un bref instant qui se décille.

C'est un éclair de calme lucidité.

Elle sort de sa cachette comme un petit trésor, un sucre blond de canne pour adoucir mon café. Mon breuvage en sera un petit peu amélioré. Il faut parfois savoir édulcorer.

Je n'ose en partant, lui souhaiter une bonne journée.

20 juin

C'était ma dernière soirée à Québec.

J'ai cherché la rue. Je me suis bien trompé. Il faut savoir aussi rebrousser chemin, revenir sur ses pas et remonter le temps pour tenter de donner du sens même à ce qui n'en a pas.

Calme, très concentrée, Madame Louise Depré attendait dans la salle, déjà installée. Cela s'agitait autour d'elle, mais à pas mesurés. Impatience feutrée. On chuchotait en n'osant déranger.

Les musiciens s'accordaient. J'entendais en coulisses, les notes glissantes d'une clarinette lisse tandis que sur scène, violoncelle et violon haussaient un peu le ton. On se souriait, complices.

Le public arrivait, s'asseyait sagement.

La plupart se saluaient fraternellement.

Le silence se fit.

Les mots et la musique s'enlacèrent dès que le jeune chef en eut demandé l'envol. Puis ce fut l'effrayante beauté des choses qui entrent en conjonction.

La dame poétesse qui perçut l'innommable, là-bas à Auschwitz et Birkenau, a lu très calmement ses mots simples et beaux, écorchant les mémoires, ravivant ce chaos que l'on ne veut pas voir et que certains même refusent de croire. Le piano enchaîné criait ses discordances évoquant tant et tant de souffrances et la macabre danse des biberons brisés dans ce massacre de l'enfance.

Je frémis en pensant aujourd'hui à ces pays où l'horreur recommence et à tous ceux où elle ne finit jamais.

Mais il n'y eut rien de morbide ici.

Il s'agissait en dansant d'oser frôler l'abîme, d'avoir la dignité de regarder en face ce que produisent le vide et la terreur des idéologies stupides et cupides.

Les mots et la musique ont évoqué le chaos pour s'en extirper peu à peu en dansant plus haut que les flammes.

Merci aux mots de la dame. Une harmonie s'est imposée comme le miracle que nous sommes capables de créer, parfois.

Elle a renforcé notre conscience d'être simplement humains et le courage de travailler chaque jour à l'être davantage. Comme je voudrais que nous soyons plus nombreux à refuser le carnage.

21 juin

Marie-Jeanne avait ses vapeurs.

Elle descendait nonchalante et fumeuse le boulevard Saint-Laurent qui était à la fête. Il fait si beau en juin.

La belle dame s'évaporait, laissant derrière elle ses fragrances d'herbes de Provence. Elle était bien cuite, souriant aux anges qui l'avaient prise sous leurs ailes et qui l'aidaient à planer par-dessus les nuages. Y'a pas d'âge ! Et Marie-Jeanne, qui n'est plus si jeune, ne sera jamais sage.

Elle accompagne tous ces artistes en herbe à qui elle offre par sa présence un peu d'assurance et l'intuition soudaine de leur génie. Mais avec tant d'anges dans les parages, gare à la chute ! La création hallucinée se révèle souvent, à jeun, plutôt loupée. Qu'importe, on aura quand même bien rigolé.

Parmi les effluves et les sourires gentiment imbéciles, je magasinais donc tranquille, admirant au passage les psychédéliques messages, les tableaux trop colorés, les teeshirts sérigraphiés.

Je suis tout à coup surpris par des restes et des débris enfermés comme de la joaillerie dans le caisson encore entier d'un vieux computeur démantibulé. Je suis touché, me souvenant de ce temps pas si lointain où je sacralisais le corps de l'ordinateur cristallin dont je voulais croquer la pomme pour accéder à la connaissance comme tenté par le malin.

La belle trouvaille : pomme de reinette et pomme pourrie. Voici venir l'appel à la quincaillerie. Apple, on va t'avoir jusqu'au trognon et récupérer tout ton pognon pour

la planète débarrasser de ton commerce carnassier. De la carcasse de tes sacrés appareils, commençons à créer de nouvelles merveilles.

Mais voilà le pépin : tapotant ces derniers mots sur mon clavier de la marque abhorrée autant qu'adulée, je me retrouve désappointé devant cette perception de mes contradictions. Allons, ce n'est pas que pour ma pomme : le paradoxe est commun à tous les hommes.

22 juin

J'ai depuis longtemps l'intuition des coulisses. C'est peut-être pour cela que j'aime les venelles, les chemins de traverse, les rues qui longent l'arrière des maisons dévoilant des jardins laissés à l'abandon. J'explore curieux, lors de mes promenades, ce qui veut se cacher derrière les façades. Et en grattant un peu, ici comme ailleurs, si la beauté t'éblouit, tu aperçois aussi les traces du malheur.

Je longe un terrain bien trop vague en plein centre de la ville et j'y salue l'autochtone comme on l'appelle ici. Elle me lance un sourire édenté et un juron qui doit être bien salé. C'est une petite femme dont je ne perçois pas l'âge. Est-elle jeune, est-elle vieille sous ces rides crasseuses ? Elle s'incruste au trottoir. Elle s'accroche à la terre qui est sienne, sous l'asphalte et les flaques de bière. Son territoire a été recouvert par la ville qui en a bouffé la nature dont elle fut chassée. Elle n'a pas compris malgré le temps passé et ses ancêtres décimés qu'elle devait se tirer, aller voir ailleurs ou plus radicalement, disparaître. Un matin prochain, on ne la verra plus. On s'étonnera un peu. On dira que c'est triste et qu'elle avait trop bu. On ne dira sans doute rien du tout. Elle ne sera plus là, c'est tout.

Car il n'y a pas de place non plus pour elle dans les statistiques. Elle ne fera pas même partie du drame de la violence faite aux femmes. Elle se dissout depuis longtemps dans cette marginalisation multigénérationnelle et intergénérationnelle qu'entraînent la pauvreté, le logement précaire, l'absence de domicile fixe et tous les obstacles à l'éducation, l'emploi, la santé et le soutien culturel. Voilà les mots de vertueuses études qui ne parviennent pas

à masquer qu'elle fut jetée à la poubelle lorsque les politiques coloniales et patriarcales ont annihilé tout ce que son peuple fut. Aujourd'hui le langage des fonctionnaires est bien plus poli et recouvert de son verni humanitaire pour faire de bonnes affaires.
Tourne la machine qui toujours assassine.
C'est peut-être plus inhumain encore de justifier la situation, par le manque de moyens et les budgets dérisoires, qui ne permettent pas de sauver quelqu'un, perdu sur un trottoir.

23 juin

Le fera-t'y, le fera-t'y pas ? Avouez que c'est bien tentant. On retrouve sa joie de petit garnement, celui qui appuyait sur toutes les sonnettes ou jetait des pétards dans les boîtes aux lettres.

Voici revenu le temps des grosses bêtises grâce à cette proposition exquise : il est interdit de passer, mais la chaîne si basse permet de sauter. On dirait bien que les propriétaires, un peu pervers, l'on fait exprès.

Je franchis la barrière, hop là.

Je retombe derrière, hop là.

J'attends quelques instants la réaction promise. Je ne suis pas déçu, voici une grosse dame en chemise brandissant un balai. Un petit chien aboie et mordille ses mollets. La poursuite s'engage comme il le fut prédit. Trottine derrière eux un livreur et ses cruchons de lait, le facteur chargé de ses paquets, une demoiselle qui bat des cils et son amoureux imbécile, un canari, un chat et un crocodile, trois messieurs en haut de forme, un fumeur de cigares au ventre énorme, douze policiers moustachus roulant des yeux furieux sous leurs sourcils broussailleux, un bagnard évadé en costume rayé qui porte son boulet, un cowboy et ses pistolets, des pâtissiers et leurs tartes à la crème qu'ils projettent en riant sur les furieux agents. Ça roule. Ça s'écroule. Ça se remet debout et veut m'attraper, mais j'ai pris mes jambes à mon coup. Je dépasse Charlot qui rêve, Laurel qui pleure, Hardy qui rit. Buster grimpe à l'échelle de la voiture de pompiers. Il me faut encore accélérer.

Moteur ! Je tourne.

La poursuite s'engage dans la rue Saint-Denis.

Derrière moi pétaradent les vieilles automobiles et grincent les bicyclettes. Dring, dring. Pouet, pouet. Le spectacle est gratuit. Le public applaudit.

J'entends derrière moi les ratés du projecteur. Je perds un peu mon souffle. Je sens battre mon cœur. Tandis que je marche, l'action ralentit.

Je vais rester muet, mettre un point à la ligne.

Il faut savoir faire d'une interdiction, un film.

24 juin

Je relève un instant la tête du guidon, car j'arrive peu à peu au bout de mon séjour. Est-il trop long ? Est-il trop court ?

J'ai recueilli dans ma besace tellement d'images, tant de phrases, des mots jolis, des silences et des absences aussi, les doux sourires de vrais amis, la certitude que mes racines sont loin d'ici, mais qu'il faut toujours se remettre en selle pour voyager vers l'ailleurs même s'il n'est pas meilleur. C'est une chance de s'enrichir des différences. Et je suis bien persuadé que l'humain est fait pour se déplacer.

Résistons chaque jour davantage à tout ce qui voudrait nous immobiliser.

Mais que vois-je ? J'abandonne un moment ma bicyclette symbolique dans une ruelle de Montréal, je la retrouve qui s'étale.

La roue avant a-t-elle fondu? A-t-elle voulu se réinventer en tentant de rejoindre le carré, se pliant déjà en deux moitiés ? Serait-ce là la pratique tragicomique d'un vélocipède épileptique ?

Je crois plutôt au simple drame provoqué par un chauffeur dépourvu de cœur qui a écrabouillé la fragile mécanique avec son camion. Le con.

Désormais, elle ne pourra plus avancer qu'en glissant du même côté. Mille tonnerres, ça me pogne les nerfs ! Je ne suis pas de ces pépères qui veulent toujours tourner en rond.

J'en perds quelque peu les pédales.

Comment vais-je me remettre en selle ? Le coup de pompe me guette et je redoute l'engrenage. J'enrage.

J'envoie au diable ma frustration.

J'irai à pied et en avion.

25 juin

Mon bon vieux Joachim, je suis comme ton Ulysse qui termine son voyage et j'aurai bientôt la joie de revoir mon village, de dormir sous le toit de ma belle maison en me demandant si j'ai eu bien raison de m'en être allé faire tourner des ballons sur mon nez.

Crénom ! Voilà t'y pas que j'mélange les bonnes tunes. Pantoute! C'est que j'ai autant envie de rentrer que de rester.

Car c'est à la fin de mon séjour que viennent toutes les belles rencontres, que poussent les germes d'amitié qu'il va falloir bientôt quitter. Mais je me dis que les chemins qui parcourent ce monde, pour les nomades de la vie, se recroisent un jour, là-bas ou ici.

Alors, c'est un peu une fête. J'irai encore me promener le cœur tout gonflé d'amitié. Et ce soir, j'ai été dîner (ou souper, c'est comme vous le voulez), chez l'ami Jules qui m'accueille avec son sourire solaire même si dans le restaurant, il n'y a pas beaucoup de clients. Il faut que Montréal qui est distrait et se remet des périodes léthargiques et tragiques découvre avec ravissement son grand talent.

Moi, je suis heureux et même fier d'avoir été pour quelque temps, son fidèle client !

Jules me propose la dégustation, assis au bar. Je suis hilare. Je le regarde travailler. On se raconte des histoires en dégustant un vin nature venu de Loire, légèrement pétillant et tout à fait charmant.

Il m'apporte bientôt une assiette dressée joliment, graines de moutarde marinées, fraîches herbettes entrelacées dissimulant un vrai trésor : son fabuleux tartare de saumon. C'est beau. C'est bon.

Les consistances bien moelleuses contrastent divinement avec les fines tranches de brioche toastées un bref instant.

Il me confie des petits secrets. Sa grande passion pour les textures et cet amour qu'il met dans son art culinaire pour faire naître chez ceux qui y gouteront, de belles émotions. Chaque plat qu'il compose est une sorte d'aventure qu'il prépare patiemment à la maison, entouré par sa blonde et leurs p'tits rejetons.

Si Jules est jeune, il est déjà sage. Et je crois bien qu'il conquiert la Toison.

Nous nous reverrons.

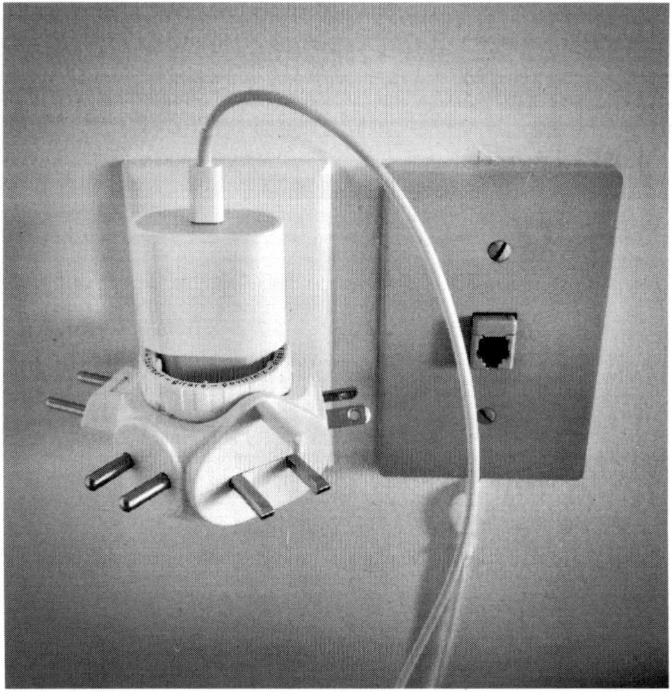

26 juin

Ne voulant pas vivre en ingrat, je voudrais à l'instant remercier un ami fidèle que j'ai emporté avec moi.

Je vais ici rendre hommage à son extrême simplicité, sa précieuse durabilité (je l'ai acquis jadis et naguère en un lointain moyen-âge qu'une génération récente aurait bien de la peine à envisager, handicapée par sa phraséologie succincte et son vocabulaire atrophié*), sa tête tournante (veuillez ici reprendre le fil du récit) et son courage qui m'ont toujours accompagné, facilitant ainsi mon quotidien de voyageur déboussolé lorsqu'il ne peut se connecter. Ouf, j'y suis arrivé.

Ô ami de plastique, tête chercheuse toujours pratique, tu as l'art de ne jamais lâcher prise lorsque j'ai la mauvaise surprise de ne pouvoir brancher le chargeur de l'une ou l'autre petite machine qui à toute heure, est nécessaire à mon bonheur de voyageur en connexion avec l'ailleurs. Ou beaucoup plus simplement, tu me permets de conserver ce sourire étincelant, plus blanc que blanc, ainsi que mon hygiène buccale en rechargeant ma brosse à dents. C'est épatant.

Aussi, ami incomparable, complice de mes plus belles balades, je te rangerai lors de mon départ dans une pochette douce et soyeuse, pour que nous vivions ensemble d'autres virées heureuses.

(Car je compte bien revenir : il y tant de choses à construire.)

Compagnon irréprochable, tu m'as appris cette qualité admirable qui est celle de l'adaptation, lorsque nous voyageons.

* Allusion à ces événements récents survenus en France où une écrivaine se trouva injuriée sur les réseaux zozos après qu'un extrait de son roman fut choisi lors d'une épreuve du baccalauréat. Nulle envie de fustiger la bêtise et l'inculture, de stigmatiser jeunes ou vieux en les traitant en idiot, mais plutôt d'apporter ici et là, des gourmandises langagières et la joie des mots entraînants des pensées nouvelles capables par leurs vertus thérapoétiques, de soigner nos maux et de penser un peu.

27 juin

Deux ou trois jours, quelques heures à peine pour appréhender le roc, la forêt, une terre sans limite où serpente un fleuve qui faisant l'amour à l'océan en est devenu salé, conservant les saveurs de l'origine.

Un tambour très ancien bat ici sourdement, résonne dans ma poitrine gonflée d'émerveillement.

Suis-je au début ou à la fin du monde ? Tout ici commence pour certains qui ont cherché leur chemin. D'autres pourraient choisir avec sagesse d'en accepter la fin.

Je passe. Ma présence ne dure que quelques secondes. Comme pour mieux signifier toute mon insignifiance, la nature déploie ses contrastes vertigineux.

Pics et vallées, rochers éboulés où s'agrippe la calme résilience d'arbres décharnés.

L'espace est infini, bleuit à l'horizon, l'univers est toujours en expansion.

Je ne peux que marcher et bien humblement. Je me liquéfie hier sous un soleil de plomb et ce matin la pluie déborde des gouttières à gros bouillons.

Le projet d'une simple promenade est balayé à l'instant comme l'orgueil des hommes.

Alors je me réfugie dans les paroles des amis. On médite ensemble sous les crépitements de l'eau, on s'assoit au bar de notre camp de base, on se voudrait marins qui remontent vers la source, on partage aussi l'histoire de nos origines.

Voyageurs stupéfiés par la beauté du monde, nous buvons nos dernières illusions sur la grandeur humaine.

28 juin

Leurs crochets carnivores agrippèrent les grumes après avoir abattu les arbres victimes de la faim qui dévoraient les hommes. Ce pays confisqué abolissait les limites. Il leur fallait bouleverser les collines, éventrer les clairières, exploser le rocher, détourner les rivières, faire tourner les turbines, imposer l'industrie.

Ils étaient enivrés par la vapeur de leurs machines qui exigeaient toujours plus le sacrifice des corps organisé avec bonne conscience par les ingénieux patrons. L'ouvrier perdait là, un doigt, un bras, une jambe. On appelait les « sans-pouces » ceux qui travaillaient à la scie circulaire. Et l'industrie florissante en voulait plus encore en proclamant l'urgence du progrès. On sacrifiait les poumons des enfants, on honorait brièvement le père qui avait disparu dans la rage du courant s'engouffrant dans les boyaux monstrueux alimentant les moulins.

Tout cela pour fabriquer cette pulpe nécessaire au papier. On imprimait alors tout ce qu'il fallait connaître, les journaux qui étaient des fenêtres sur le monde, les livres des comptables, l'argent et les titres de propriété, un peu de littérature et parfois de nouvelles idées qu'il fallait diffuser.

En attendant, le travail dévorait et il n'était pas question de se syndiquer ailleurs que chez monsieur le curé, un grand expert de la vie sacrifiée.

D'ailleurs le fronton du moulin de l'incroyable usine, ne fut-il pas dessiné comme celui d'une église ?

On croyait encore en une récompense céleste qui aidait à supporter le bruit des machines dans cette vallée de larmes.

Et on était prêt à tout pour gagner plus d'argent.

Ici furent broyés des forêts séculaires, la vie des ouvriers, des espoirs, des chimères.

On en fit du papier.

29 juin

Bienvenue à bord, Mesdames and Gentlemen. Je suis le capitaine de la Marjolaine. Et il en faut du courage avec cet équipage, mais ne vous inquiétez pas, nul naufrage n'est programmé lors de notre croisière.

Nous allons vous faire traverser en une seule journée tout l'ennui des vacances, naviguant joyeusement sur le fleuve, imposant notre gaieté au fjord du Sagenay, vous infligeant dans nos haut-parleurs les bons mots de notre guide et les rengaines de nos chanteurs. C'est beau. C'est populaire. Le décor est sublime. Le temps est idéal. Vous cramerez sous le soleil. Nous vous ouvrirons les yeux et les oreilles. Il est permis et même recommandé de s'egoportraitiser. Vous pouvez utiliser les toilettes, mais commencez par écluser les bières du bar.

À midi, nous vous libérerons dans le petit village charmant de Sainte-Rose-du-Nord qui compte, c'est étonnant, deux restaurants. Les premiers débarqués auront les meilleures places sur les terrasses.

Vous serez un plus lourd lorsque vous remonterez à bord. Nos calembours aussi. Vous serez fatigués. C'est dur l'aventure !

Vous voudrez peut-être faire taire le guide, mais il est admirable, intarissable. Il enchaine les petites ou grandes histoires. Inutile d'y croire ou d'en attendre la fin, il n'y arrive pas toujours. Quant à ses anecdotes, ses dates et ses chiffres, on s'en moque. Veuillez cependant conserver votre calme lorsqu'arrivera cet instant fatal où vous et moi nous aurons envie de le pousser par-dessus le bastingage. Ce serait dommage. Il n'est pas si facile de trouver un tel

moulin à paroles capable de mêler toute l'histoire des Amérindiens avec celle d'un fromage du coin. Si vous n'avez pas suivi, tant pis.

Vous reviendrez au port, un peu soulagé. Une sorte d'épreuve sera terminée. Vous aurez beaucoup ri avec vos amis et osé même des jeux de société.

Je vous ai averti et je le redis : nous réussirons aujourd'hui la traversée de l'ennui.

Veuillez admirer mes galons. Les femmes et les enfants d'abord.

Que la bonne humeur règne à bord et que la croisière s'amuse.

30 juin

Le temps est venu de replier son bagage, de fermer le carnet pour le rouvrir ailleurs. C'est un retour à la case d'un nouveau départ. Aujourd'hui, je prends l'avion même si le jeu n'est pas terminé. Comme j'ai plus d'un tour dans mon sac, je vais lancer les dés du hasard pour qu'ils mènent la prochaine partie.

Il faut savoir tenter sa chance. Tout va bien. Les jeux sont toujours à faire.

Ce soir, des nuages monstrueux couvrent le Mont-Royal. Avec grand calme, ils accompagnent cette tempête un peu confuse qui emplit mon âme. L'air est humide comme mes yeux.

Je replie les chemises, enferme dans mes valises le rire de mes amis. Il en est assourdi. Je vais emporter quelques nouveaux livres, des parfums, des images, des gestes inaccomplis, des élans retenus, des phrases laissées en friche.

Je devrai revenir ici. Mais que sais-je de mes prochaines années ? Aurai-je assez de temps pour encore tout tenter ?

Je ferme mon stylo, range l'ordinateur, compagnon improbable qui contient les trésors que j'ai accumulés. Il faut dire au revoir à ce curieux bureau où j'ai passé des heures à m'enivrer de mots pour cerner la réalité de tout ce que j'ai rêvé. À moins que ce ne soit le contraire.

Je caresse la table, tire les rideaux sur le beau paysage que j'ai tant contemplé du haut de mon nichoir d'oiseau migrateur.

Ce voyage ne m'a pas rendu plus sage, je n'ai guère plus de raison, je reviens demain au village, le cœur gonflé par la passion.

31 juin

Point final ou point de suspension ?

Je suis revenu en avion, perdu dans la foule, accroché à mes valises en guise de bouée, dans la marée humaine du mois de juillet. J'ai nagé en sens contraire pour retourner chez moi.

Salut Montréal ! À bientôt, mes amis. J'ai emporté avec moi des parfums, des sons et tant de couleurs, des mélanges d'histoires et des morceaux de poèmes, des destins qui s'entrelacent à la croisée des chemins, des projets à construire pour oser le bonheur.

Je clôture ici l'étrange exercice que je me suis donné dans la grande liberté qui me fut octroyée lors de cette résidence.

Je n'ai pas contraint l'écriture, elle m'a permis de vivre intensément.

Je veux désormais partager ma modeste aventure avec ceux qui auront la curiosité de la lire et de déguster la beauté d'un livre joliment imprimé.

De tous les territoires, n'est-ce pas l'écriture qui offre la plus grande liberté ?

Restons en suspension.

Ce sera mon point final

•

REMERCIEMENTS

Ces chroniques n'auraient jamais été écrites sans la résidence à Montréal dont j'ai bénéficié du 1er mai au 31 juin 2022.

Merci à l'UNEQ (union des écrivains québécois), pour son accueil.

Merci au WBI (Wallonie Bruxelles International), pour la parfaite coordination.

Merci à la Fédération Wallonie Bruxelles pour son soutien.

Toute ma gratitude aux humains rencontrés : Jean-Sebastien Marsan de l'UNEQ, Christine Matton et Caroline Diop de la WBI, Marie-Hélène Hébert, chargée de mission culturelle au Consulat général de Belgique.

Que soient loués ici les amis Patrice et Marylene Deloume, la grande dessinatrice de romans graphiques Anne Villeneuve et son formidable Louis, la plasticienne Francine Metthé, Adeline Rognon, créatrice de livres rares, Ariane Daoust qui me révéla l'art en grève et me permit de loger dans le plus bel appartement de la ville de Québec.

Et puis merci à celles et ceux rencontrés quelques secondes, quelques heures, une soirée, le temps d'une conversation.

Vous êtes ma source d'inspiration.

Dominique Maes

DU MÊME AUTEUR

Chez Murmure des soirs :

Amours à mort, nouvelles, 2012.

Histoire de culte suivi de *Lettre de l'homme à la femme*, nouvelles 2012.

Bestiaire de mon jardin secret, nouvelles, 2018.

Gourmandises, nouvelles, 2021.

Chez maelstrÖm reEvolution :

Chansons de la Grande Droguerie Poétique, poèmes, 2021.

L'ensemble des publications et activités polymorphes de l'auteur est à découvrir sur les sites :

www.dominiquemaes.net
www.grandedrogueriepoetique.net

Achevé d'imprimer en octobre deux mille vingt-trois.

Dépôt légal D2023/12689/75